Adolf Friedrich von Schack

Sirius - ein Mysterium

Adolf Friedrich von Schack

Sirius - ein Mysterium

ISBN/EAN: 9783744625357

Hergestellt in Europa, USA, Kanada, Australien, Japan

Cover: Foto ©Andreas Hilbeck / pixelio.de

Weitere Bücher finden Sie auf **www.hansebooks.com**

Sirius.

Ein Mysterium

von

Adolf Friedrich Graf von Schack.

Stuttgart 1892.

Verlag der J. G. Cotta'schen Buchhandlung
Nachfolger.

Perſonen.

Sirius, Herrſcher der Urwelt.

Noah
Ham
Sem } ſeine Söhne.
Japhet

Azila
Mona } ſeine Töchter.
Bariba

Antares
Samaſias } Verſchworene.
Mirad

Kamur
Benzur } in Dienſten des Sirius.

Ozariel, ein Prophet.
Enoch, der Patriarch.
Nabar, Nachbar Noahs.
Ein Karawanenführer.
Ein Seraph.
Ein Cherub.
Die vier Cherubim.
Rieſen, Chor von Geiſtern der Tiefe ꝛc.

Erſte Scene.

Wilde Felſenhöhle; tiefe Nacht.

Antares, Samaſias, Mirad und andere Verſchworene treten
auf, von denen einige Fadeln tragen.

Ein Verſchworener.

Wohin uns führſt du? Tiefer, tiefer ſtets
Hinunter wie ins Bodenloſe geht's.
Wir tappen in der Nacht gleich Blinden.
Wie ſollen wir den Ausweg wieder finden?

Antares.

Feiglinge! Die vor euren eignen Tritten
Ihr zittert, nehmt den Weg in eure Hütten,
Zu euren Kindern, euren Weibern.
Laßt knechten euch von des Tyrannen Treibern!

Samaſias.

Haſt Recht, wir bau'n auf dich, Antares.
Dein feur'ges Mahnwort einzig war es,
Du kühner Jüngling, das vermocht,
Uns aus dem Schlaf emporzurütteln,
Und dieſe Ketten abzuſchütteln,
Mit denen Sirius uns unterjocht.

Ein Verſchworener.

Erſt durch die Felſenſpalte brach,
Indes wir in den Abgrund niederklommen,
Noch matter Schein; nun nach und nach
Iſt hinter uns das letzte Licht verglommen.

Doch ist mir oft — und Angst durchschauert
Mir das Gebein —, als säh' ich aus dem Dunkel
Von eines Tigers Auge das Gefunkel,
Der zwischen dem Gesteine kauert,
Als hört' ich — und mein Haar sträubt sich vor Grausen —
Sein Brüllen, das mit hohlem Schall
Sich an den Wänden bricht.

Samasias.

Vom Brausen,
Mit dem ein unterirb'scher Wasserfall
Sich in den Abgrund stürzt, nur ist's der Wiberhall.

Mirad.

Was hat er sich in unsre Reih'n gebrängt?
Stürzt ihn hinab als Missethäter
Vom Felsen, der dort ob der Tiefe hängt!
Wir brauchen keine Feigen und Verräter.

(Der Verschworene wird in die Tiefe geschleudert.)

Mehrere Verschworene.

Ha! wie er niebertaumelt, wie er Nacken
Und Haupt zerschmettert an den Zacken!
Fernher noch aus dem Bobenlosen tönt
Es wie Gelächter, welches ihn verhöhnt.

Mirad.

Nun, sorgen wir nicht weiter brum!
Für immer liegt er unten stumm. —
Uns aber laßt, nachdem der Male neun
Der Neumond in sich selbst zurückgerollt,
Seit wir uns trennten, uns des Wiedersehns erfreu'n.
Das Gleiche ja von je erstrebt, gewollt,
Antares, haben wir.

Antares.

Horch! schon
Von hundert, aber hundert Tritten hallt der Ton,

Die durch die Felsengänge sich uns nähern.
Gesichert sind wir hier vor Spähern.
Hinab in diese Tiefe reichen
Die Wurzeln nicht der tausendjähr'gen Eichen,
Die mit den himmelhohen Stämmen
In seinem Flug den kühnsten Adler hemmen.
So aus der Welt des Lebens bringt kein Ton
Herab durch diese Felsenwände,
Und alle, die bis von der Welten Ende
Auf unf're Ladung heut sich nah'n, bedroh'n
Wird nichts sie. Bis zu keinem Ohr
Dringt unfrer Stimme Laut empor.

Mirad.

Auf allen Seiten in den Felsenspalten
Seh' ich ein Wimmeln von Gestalten.

(Schon während des Vorigen hat sich die Höhle mit Scharen von Verschworenen gefüllt, deren Zahl noch fort und fort zunimmt.)

Antares.

Willkommen, Brüder, mir! So euch zu nennen
Sei mir vergönnt, da schon von fern
Wir uns durch manch geheime Botschaft kennen.
Der Kampf, der wider ihre Knechter
Nun schon Geschlechter auf Geschlechter
Aufstehen ließ, nicht unter günst'gem Stern
Ist er gestritten worden. Denn so weit die Marken
Der Erde sich, die unermeff'nen dehnen,
Ward wohl gekämpft von diesen oder jenen,
Allein an einer Hand, an einer starken
Gebrach's, die alles ordnete und lenkte.
So tief und immer tiefer senkte
Das Joch sich auf die Welt. Beraten laßt
Uns nun in dieser ernsten Stunde,
Wie wir zu einem großen, starken Bunde
Uns einen.

Samafias.

Noch sei kein Beschluß gefaßt!
Laßt hören alle von der Tyrannei,
Mit welcher ruchlos und verblendet
Der arge Sirius die Erde schändet,
Und tönen rings wird ein Entsetzensschrei.

Antares.

Soll ich erst sagen, was doch alle wissen,
Wie von des Nordens Finsternissen
Bis dorthin, wo im Mittagsbrande
Nach einem Tropfen Tau umsonst die Wüste lechzt,
Von ihm und seiner Mörderbande
Zerfleischt im Todeskrampf die Erde ächzt?
Ist von des Aufgangs fernster Küste
Bis, wo die Sonne geht zur Rüste,
Ein Land, zu dem in langen Karawanenzügen
Nicht Reisende die Botschaft trügen
Des Jammers, der allhin den Erdenkreis
Belastet? Doch von dem, was jeder weiß,
Laßt schweigen mich. Du lieber rede,
Der tiefgebeugt du stehst, ehrwürd'ger Greis!
Von schwerem Leid spricht deiner Stirne Furchen jede.

Erster Verschworener.

Du nennst mich Greis; doch nicht die Zahl der Jahre
Ist's, was mir so gebleicht die Haare.
Der Jammer that's, zu dem ich auserkoren.
Im fernen Norden, da, wo scheitelrecht
Der Stern des Poles steht, ward ich geboren.
Wie Eisen fest ist das Geschlecht
Der Menschen dort und meiner Glieder Stärke
Früh stählt' ich noch in schwerem Tagewerke.
Zufrieden war ich, in des Winters Frost
Den schweren Frohndienst in der Morgenfrühe
Im Erdenschacht zu thun. Die karge Kost,

Die ich gewann durch ruhelose Mühe,
Genügte mir und meinen Kleinen.
Bisweilen nur, wenn ich ihr Weinen
Vernahm, weil ich nicht so viel Brot
Nach Haus gebracht, zu stillen ihre Not,
Kroch starrer Frost mir bis ans Herz hinan.
In neuer Arbeit rastlos dann
Rang ich und rang; und wenn ein kärglich Mahl
Uns in der Nacht dann, bei des Nordlichts Strahl
In unsrer Hütte einte, wenn mir hold
Mein Weib ans Herz den Jüngstgebornen legte,
Was hätt' ich Höheres gewollt?
Ob außen Sturm die Eisgefilde fegte,
Die Glut hatt' ich in mich gesogen,
Die warm mich bis zum nächsten Abend hielt.
Doch fürchterlich ward ich betrogen.
Wenn Sirius, der Tyrann, befiehlt,
Getroffen wird die Welt von seinem Spruch,
So wie von eines bösen Dämons Fluch.
Wie mit den Flocken Schnees der Sturm des Winters spielt,
So spielt er mit der Menschen Glück, und lacht
Vor Lust, wenn er sie elend macht.
Dann in der Nacht — noch bebt mein Mund davon
                            zu sprechen —
Erfüllte sich das Land ringsum mit frechen
Tyrannenknechten. Tief in Höhlen bargen
Sich Männer, Weiber, Kinder vor den Argen.
Doch, bis wohin das Tagslicht selbst nicht dringt,
Fand seinen Weg der Späher Blick;
Und von den Wütenden umringt,
Vom Eisenjoch belastet das Genick,
Mit Kettenwucht die Füße und die Arme
Beladen, wurden von dem grimmen Schwarme
Die Männer all' hinweg getrieben.
Die Weiber, Kinder, die zurückgeblieben,

Von Elend und Verzweiflung aufgerieben,
Früh endeten ihr Leben sie in Jammer.
Ich, wenn ich von der Last der Eisenklammer
Zu Boden sank, bald von den Geißelhieben
Der Büttel ward ich neu emporgeschreckt,
Zu weiterm Gang des Elends aufzubrechen.
Des Schnees unermeſſ'ne Flächen,
Mit meinem Blute wurden sie befleckt.
Genug! Der Erde grenzenlose Zonen,
Bald Sonnenbrand durchglüht, bald eisbereift,
Vom Aufgang bis zum Untergang hab' ich durchstreift.
Und jene, wo der Menschen Söhne wohnen,
Entsetzlicher mich dünkten sie, als jene,
Wo nur der Schakal haust und die Hyäne.
So schwur ich, meine letzte Kraft zu spannen,
Um auszurotten dies entartete Geschlecht.

Viele Stimmen.

Ja! Tod, Verderben ihm und dem Tyrannen!
In seinem Blut sei unser Weh gerächt!

Antares (zu dem Zweiten Verschworenen).

Du, der du vor dich hinstarrst fort und fort,
Beim Schein der Fackel, der dein Haupt umspielt,
Erkenn' ich, daß dir Weh im Herzen wühlt.
Dein dunkles Antlitz kündet, daß du dort
Geboren bist, wo heiß die Sonne flammt.
Sprich, hast du glücklicher dich dort gefühlt
Als jener in dem Land, durchbraust vom Nord,
Dem eisigen, woher er stammt?
Du schweigst? Gib Antwort!

Zweiter Verschworener.

      Sei verdammt,
Wer mich durch solche Frage höhnt,
Der reicher mit des Jammers Diadem gekrönt

Ich bin, als mit der Weltenkrone Sirius
In aller seiner Wonnen Vollgenuß.
Ja fern im Mittag, wo im Sonnenbrand
Das Antlitz dunkelt, liegt mein Heimatland.
Unselig das Geschlecht, das dort, von Weh gebeugt,
Der Mutter, welche es gesäugt,
Und dem erbarmungslosen Himmel flucht,
Der immer klar und blau das Weh verhöhnt,
Den Jammer, welcher unten ächzt und stöhnt.
Vergebens würd's von mir versucht
Die Bilder all der Schrecknisse zu sammeln,
Die ich verworren nur zu stammeln
Vermag. Wohl in der Nachtzeit steigen
All sie empor mir die Erinnerungen,
Und ziehen um mich her den wüsten Reigen.
Dann ringt aus mir sich ein Entsetzensschrei;
Bald hat das Dunkel wieder sie verschlungen
Und nur ein dumpfer Druck bleibt, schwer wie Blei,
Auf meiner Stirn zurück. Fern, fern
In tiefem Thale, wo der lichte Stern
Kanopus hoch am Himmel leuchtet,
Kam ich zur Welt. Die Bilder dessen, was
Ich dort geseh'n, sind matt nur noch und blaß.
Von frischem Taue war die Flur gefeuchtet,
Und hoch von himmelnahen Gletscherriesen
Hernieder strömten Bäche durch die Wiesen.
Doch einst, Kind war ich, hülflos noch und schwach,
Bei Nacht in meines Vaters Hütte brach
Ein Schwarm von Häschern, nein von Abgesandten
Des Sirius. Des Dorfes Hütten brannten
Sie nieder, und so Klein, wie Groß,
Der Mann, das Weib, das Kind vom Mutterschoß
Ward fortgerissen in das Meer von Kies,
Das weithin unabsehbar wogte;
Im Glutwind, der von Süden blies,

Getrieben von dem Sklavenvogte,
Der uns wie eine Herde Viehs
Vor sich herjagte, und die Matten
Mit seinem Speere niederstieß,
Ward unser Schwarm; an jedem Tage hatten
Wir Tote, und zum grausen Fest
Versammelten die Wölfe sich und heischten
Anteil am Mahl, indem sie um den Rest
Mit gier'gem Rachen sich zerfleischten.
Wie drauf von Schreck zu Schrecken
Ich irrte, wie hin übers öde Wasserbecken
Auf schwachem Floß, gefügt aus Planken,
Geschleppt ich ward: Selbst beim Gedanken
Daran sträubt sich mein Haar. Wenn von der Flut
                                    verschlungen,
Ein Boot versank mit denen, die es trug,
Nachstürzen wollt' ich ihnen, doch mich schlug
Der Vogt zu Boden, und gezwungen
Dem Tod entrissen, der schon vor mir gähnte,
Mußt' ich Jahrzehnte auf Jahrzehnte
An jedem Tag ihn sterben. In den Gluten
Der Sonne, deren heiße Zungen an mir leckten,
Gegeißelt von der Büttel Eisenruten
Beim Pesthauch, der dem leichenüberdeckten
Schlachtfeld entquollen, fühlt' ich in den Knochen
Des Lebens Mark mir ausgedörrt.
Noch jung und doch zum Greise schon gebrochen
Sah ich mein eignes Bild, wie es verzerrt
Aus Trümmern dessen mir entgegenstarrte,
Der ich gewesen. Ein Gedanke hielt
Im Dasein, so vom Jammer unterwühlt,
Mich fest: daß ich des Tags der Rache harrte,
Der Rache an dem Henker Sirius.
Zuletzt zur Flucht die Stunde fand ich.
Und meiner Sehnen letzte Kräfte spannt' ich,

Mich herzuschleppen. Auf nun zum Beschluß
Des Rachewerkes, das vollbracht sein muß!

Antares.

Wie im Gebirge wilder Wasser Rollen,
Von jedem Herzen, jedem Munde
Ertönt das Echo in der Runde
Der Worte, die du sprachst; bald sollen
Die Kunden unsrer Thaten laut in allen
Erdräumen dir als Antwort wiederhallen.

Dritter Verschworener.

Von unterird'schen Marterhöhlen,
Durch keinen Strahl erhellt, kann ich erzählen.
In solchen fürchterlichen Schachten —
Antares, schaudre, doch vernimm's —
Läßt Sirius die Opfer seines Grimms
Zu Hunderttausenden verschmachten.
Oft — selbst sah ich's — schleicht an der Höhle Thor
Der Wüterich, um Geist und Ohr
Am Aechzen der Gemarterten zu laben,
Die in dem grausen Schlund begraben.
Und die belohnt er reich, die eine Art
Der Folter aufzufinden wissen,
Durch die der Leib zerstückt wird und zerrissen,
Und doch zu neuen Qualen aufgespart.

Chor der Verschworenen.

Nicht einer ist in unsrer Runde,
Dem brennend heiß nicht eine Wunde
Bis in des Herzens tiefsten Abgrund klafft,
In dessen Seele leichenhaft
Sich nicht Erinnerungen höben
An Grausiges, das er erlebt,
Und einen dunklen Schleier um ihn wöben,
Der Alles um ihn her in Nacht begräbt.
Ist er gestürzt und jeglicher Genosse

Der Frevel, die er übt, ein Jubelfest
Wird's sein, als sei die Welt befreit von einer Pest.
Dem Sirius Fluch und seinem ganzen Trosse!

Antares.

Wohlan! geredet ward genug,
Und schon in dem, was wir vernommen,
Gefällt ist auch der Richterspruch.
Den Weg, den wir herabgekommen,
Geh'n wir empor nun; jeder an sein Amt,
Daß auf den Nacken des Verruchten
Das Schwert der Rache niederflammt.
Von seinem Throne Sirius, den Gottverfluchten,
Laßt stürzen uns hinab zu eines Kraters Schlünden,
Wo zwischen immer neu entfachten Feuern,
So wie von Drachenungeheuern
Zernagt er wird von seinen eignen Sünden.
Und nun nach allen Erdenräumen hin verteilen
Uns wollen wir, und auf das Haupt
Der Unterjocher soll gleich Donnerkeilen
Die Rache niederwettern. Mächtig sollen
Sie sein, so sagt man, doch das glaubt:
Allmächtig sind wir, wenn wir wollen,
Allmächtig, wie der Erdstoß, welcher Länder, Städte
Und ganze Völker in den Abgrund schlingt.
Wie wenn der Sturm des Herbstes Laub verwehte,
Der Wald im Lenzgrün sich verjüngt,
So, mit der Frevler Blut gedüngt,
Wird neu die Erde blüh'n und grünen.
Jedweder denn von euch, ihr Kühnen,
Ins Land eil' er, das ihn gebar,
Und pflanze dort des Aufruhrs Fahne!
Bis an die fernsten Oceane
Mag flattern sie. Und, eh' ein Jahr
Verronnen ist, wird von des Sirius Reich,

Der Urwelt längst erlosch'nen Sternen gleich,
Nicht Kunde bleiben, daß es jemals war.

Samasias.

Tod allen euch, die uns geknechtet,
Die ihr an unsrem Marke sogt,
Von unsrem Lebensblute zechtet,
Und uns um unser Glück betrogt!
Nicht einer, der sich fern hält unsrem Bunde,
Entgehen soll er meinem Racheschwert,
Eh' morsch es in der letzten Todeswunde
Gebrochen ist! Den Schwur, ihr alle hört!

Antares.

Entgegen schleudr' ich dir mein Nein!
Die Frevler laßt — und fast die Hälfte deren,
Die leben, sind's — dem Untergang uns weih'n,
Fortfegen soll nach allen Erdenmeeren
Sie unser Schwert mit ihren Schergenheeren.
Nicht unserm Grimm soll Sirius entrinnen
Und seine Helfershelfer. Laßt die Zinnen
Uns seiner frechen Zwingburg niederreißen.
Zerschmelzen soll sein Reich vor uns wie Frost im heißen
Glutwind des Mittags. Doch auf Erden wohnen
Auch noch der Guten viel, sie laß uns schonen!

Mirad.

Wie du denk' ich. Und nun, indes allwärts
Die andern auf der Erde sich verteilen,
Laßt uns in dieses Sirius Hauptstadt eilen,
Der Erde Mittelpunkt, von wo sein Tigerherz
Ringshin durchs Weltreich, das er schändet,
Die Ströme der Verwüstung sendet.

Samasias.

Wer liegt dort auf dem Boden hingekauert?
Die Fackeln her, laßt sehen sein Gesicht!

(Viele der Verschworenen treten zu **Japhet** heran, der an einem Felsen
hingesunken, halb bewußtlos liegt.)

Mirad.

Zu schlimmem Zwecke hat er uns belauert.
Was willst du hier? Steh' Rede, Bösewicht!

Ein Verschworener.

Nicht lebend darf er lassen unsre Runde!

Antares (für sich).

Japhet?! — Und auf der Stirne klafft ihm eine Wunde?

(Zu den anderen.)

Laßt ihn! Ich kenn' ihn. Japhet ist's, der Sohn
Des greisen Noah.

Mirad.

Noah? Als gerecht
Gilt er, sowie sein ganz Geschlecht;
Laßt ab mit Tod ihn zu bedrohn!

Antares.

Geht ihr! Bei diesem bleib ich hier noch kurz
Und will ihn führen dann nach oben.

(Die Verschworenen gehen nach und nach durch die Felsengänge ab;
Antares und Japhet bleiben zurück.)

Antares.

Was ist dir, Freund? Durch einen Sturz
Mußt du herabgelangt sein. Noch umwoben
Von Dunkel ist dein Geist. Halb dein bewußt
Dir bist du nur, lehn' dich an meine Brust!

Japhet.

Antares, du? Es wirbelt mir im Haupt.
Verirrt mich hatt' ich in den Klippen
Und stürzt' hinab in einen Spalt;
Zum Glücke an den Felsgesträppen —
Nicht lebt' ich sonst — fand hier und da ich einen Halt.
Gelegen lange sinnberaubt
So hab' ich hier.

Antares.
Ein grauenhafter
Abgrund ist es. Du stürztest viele Klafter.

Japhet.
Von eurer Stimmen Klang geweckt,
Begann mir neu Besinnung aufzudämmern.
In meiner Schläfe fühlt' ich dumpfes Hämmern,
Doch lag noch lang wie leblos hingestreckt.

Antares (für sich).
Hätt' er, was vorgegangen hier, entdeckt?
Allein, ich weiß, ganz darf ich ihm vertrauen.
(Laut.)
Freund, wie auf Felsen, auf dich bauen
Darf ich; darum in die Verschwörung
Laß mich dich einweih'n, die wir hier gesponnen.
Gemeinsam oft mit dir hab ich gesonnen
Auf dieses Sirius Sturz; wie einzig durch Empörung
Der Erdbewohner, die durch seine Macht
Er schändet, seine Allgewalt gebrochen
Auf Erden würde, haben wir besprochen.
Doch plötzlich da warst du aus meiner Nähe
Verschwunden, bis ich hier dich wiedersehe.
Komm nun; aus dieser Höhle Nacht
Laß suchen uns, langsam zurück
Den Weg ins Land der Lebenden zu finden.
Aus dieser Gänge Irrgewinden
Will ich dich führen.

Japhet.
Freund, welch Glück,
Daß ich dich traf; dir nur mein Leben dank' ich.
So stütze mich; im Gehen matt noch schwank' ich.
(Beide ab.)

─────────

Zweite Scene.

Säulenhalle eines Palastes.

Sirius, Kamur.

Sirius.

Ist nichts mehr, meiner Seele Ueberdruß
Zu stillen? Alles, alles wär' erschöpft?
Die grenzenlose Welt hab' ich durchstürmt
Bis fernehin, wo selbst die Sonne nicht
Mehr alle ihre Länder kennt und Meere.
Was von der frühsten Urwelt Königen
Und dem, was sie vollführt, die Sagen künden,
Zwerghaft, ein Kinderspiel, erscheint's vor mir.
So weit von Pol zu Pol, von Sonnenaufgang
Zum Untergang der Weltenraum sich dehnt,
Ist über der gebeugten Völker Nacken
Mein Siegeswagen im Triumph gerollt.
Und seine Wohner ließ im Wirbelsturm
Des ew'gen Kriegs ich durcheinander kreisen,
Wie Waldesblätter, wenn der Wind des Herbstes
Der Bäume Wipfel schüttelt. Nun gebeugt
Zu meinen Füßen liegen alle sie.

Kamur.

O Herr! Der Worte nicht bedarf's. Die Sterne
Des Himmels, wie des Meeres Wogen kennen
Die Herrlichkeit, in der du thronst, die Götter . . .,
Wenn welche sind, ihr Glanz erbleicht vor deinem.

Sirius.

Ein Winken meines Auges schleudert Tod
Auf Hunderttausende. Bei Tag und Nacht,
Verstummt der eh'rnen Geißeln Sausen nicht
Die über ihnen meine Vögte schwingen,
Auf daß im Frohndienst sie nicht lässig seien;
Und unter meiner Sklaven Hände blühen
Paläste, Siegesbogen, Aquädukte
Und Städte mit Gigantenbauten auf.
Du meinst, die Erde könne ihre Last
Nicht tragen. Um mich zu ergötzen, bringen
Mir Fischer aus des Meeres tiefstem Schlund
Der Perlen köstlichste; der Berge Schacht
Streut mir zu Füßen Diamanten hin,
Vor deren Glanz das Sonnenlicht erbleicht.
In tausend Schlössern durch mein Reich verteilt,
Mich zu empfangen, harrt der Großen Schar,
Und Diener führen von den Schneegebirgen
Das Eis herab, das meine Säle kühlt.
Dem Erdschoß dort entringen sich die Kohlen,
Durch deren Glut des Nordens Winterfrost
In ew'gen Sommer hinschmilzt, und an Palmen
Der Datteln süße Früchte reifen läßt.
Das all ist mein! Und doch was ist's? Der Mohn,
Der duftlos prangt mit seinem eitlen Rot,
Ist nicht so schal, wie diese Herrlichkeit.
Schaff' andres mir; nach Neuem dürstet mich.

Kamur.

Gebieter! Keinen Blick gegönnt noch hast
Dem Springquell du, der seiner Wellen Flut
Mit ew'gem Rauschen in die Lüfte sendet.
Auf Bogen über Höh'n und Thäler hin,
Indes du fern warst, ließ ich seine Flut,
Klar, wie des Himmels reinster Tau, heran

Von dem Gebirge führen, welches fern,
Da, wo der junge Tag geboren wird,
In ew'gem Morgenrot den Scheitel badet.

Sirius.

Was soll der Springquell mir? Gib mir die Quelle
Der ew'gen Jugend und des ew'gen Lebens,
Hol' mir herab den fernsten Stern, der tief
Im Nachtblau schimmert. Manchesmal, wenn ich
Von meines Schlosses höchster Zinne auf
Zum Himmel spähe und mit jenem Lichtglanz,
Der aus den Myriaden Welten droben
Herabquillt, meine durst'ge Seele tränke,
Möcht' ich empor zu ihnen klimmen. Denn
Nichts unten hier dünkt mich des Ringens wert.
Doch fernher, unerreichbar höhnen sie
Mit eis'gem Strahl auf mich herab; dann möcht' ich
Mit Riesenarmen sie zur Erde reißen,
Daß sie und mich, den ganzen Bau der Welten
Die ew'ge Nacht begrübe.

Kamur.

Herr, für alle
Der köstlichste der Schätze ist dein Leben.
Und so in fruchtlos ew'gem Seelenkampf
Selbst reibst du's auf: Des Reiches Wohlfahrt
Heischt deine Sorge jetzt.

Sirius.

In Trümmer mag's
Mit allem, was erschaffen, geh'n! Erschaffen
Das konnte Wahnsinn nur, nein, selbst nicht Wahnsinn;
So toll ist keiner, daß er Feuer, Wasser
Und Frost und Glut in einen Käfig sperrte,
Und sie wie Wölfe sich zerfleischen ließe.
Nur eine Blase aus dem Nichts empor

Getrieben ist dies ganze Sein und kehrt
Ins ungeheure Nichts zurück.
Wie losgelass'ne Wölfe sich bekämpfen,
Rast, rast, ihr Ungetüme, grause Ungetüme!
Aus euren Betten bäumt euch, Oceane,
Empor und schleudert eure Inseln hoch
Bis an die Wölbung droben, daß sie brechend
Zusammenkracht!

Benzur (eintretend).

Gebieter, eben naht
Der Sklaven Heer, die auf dein Machtgeheiß
Von ferne her, jenseits der großen Wüste,
Da wo wie flüss'ges Blei die Sonnenglut
Zur Erde niedertropft, die Steine dir
Zum Bau des neuen Reichspalasts heran
Auf ihren Rücken tragen. Huldigen
Dir möchten sie, und ihren Dank dir bieten,
Daß solchen Werks du sie gewürdigt hast.
Das Antlitz in des Bodens Staub gedrückt
Dort außen auf dem Platze harren sie
Des Glückes, daß dein Schatten nur auf sie
Herniederfalle. Tritt hinaus, Gebieter!
Wohl für die mondenlange Mühsal, der
Zur Hälfte sie erlegen sind, verdient
Ist solcher Lohn.

Sirius.

Heim geißeln laß die Frechen
Denselben Weg, den sie gekommen sind.
Die Kühnheit schon, daß solchen Wunsch sie hegen,
Verdiente Tod. Doch milde will ich sein.

Kamur (nach außen rufend).

Ihr habt's gehört, folgt dem Befehl! — Beladen
Mit allem Köstlichen, das Herz und Sinn
Erfreuen kann, sind, während fern du warst,

Von ringsher Karawanen angelangt.
Sie harren angstvoll eines Winks, daß sie
Dir nahen dürfen.

Sirius.

Heiß' sie kommen. Wissen
Will ich, ob das, was sie mir bringen, wert sei,
Daß einen Augenblick es mich ergötzt.

(Auf einen Wink Kamurs naht ein Zug von Jünglingen und Mädchen in festlichen Trachten: alle tragen prächtige Geschenke. Musik.)

Kamur.

Wohlan, ihr Jünglinge und Jungfrau'n, legt
Der Gaben herrlichste, die diese Erde,
Die unermeß'ne beut, dem Weltgebieter
Zu Füßen hin, indes beim Klang der Harfen
Und Liederschall ihr Tänze um ihn schlingt!
Des Himmels Sterne selbst empfinden Neid;
In eure Reihen sich zu mischen, stiegen
Sie gern aus ihren Höh'n herab. Doch selbst
Der Sphären Chor, der ewig rollenden,
Ist würdig nicht, den Herrlichen zu feiern. —
Und in der Ueberfülle seiner Huld
Gewährt er euch, um was euch Götter neiden.

Sirius.

Genug! Daß eine flüchtige Sekunde
Ihr mich ergötzt, seid stolz, und kündet rings:
So überschwenglich wie mein Zorn im Strafen,
Ist meine Huld im Lohnen. Aufthun will ich
Die Thore aller meiner Schätzekammern,
Und eine Gabe, wert ein Königreich,
Soll eurer jeder draus sich wählen. Geht!

(Die Mädchen und Jünglinge ab, nachdem sie ihre Gaben zu Sirius' Füßen hingelegt.)

Sirius.

Wenn hie und da hin durch die Seele mir

Ein Lichtstrahl zuckt, nur Wetterleuchten ist's,
Nach welchem dunkler wieder, als zuvor
Sie Finsternis umhüllt. — Was ist's, das so
Mich fort und fort umdüstert? O! ich weiß
Und sag' mir's oft in schlaflos bangen Stunden:
Nichts, nichts ist alles, was bisher ich schuf.
Und wenn es Götter gibt, mit Spott und Hohn
Nur schau'n sie's an. Ein großes, rief'ges Werk,
Vor dem erblaßt, was Menschen je ersonnen,
Will ich vollführen. Schon seit Urzeittagen
Hin von Geschlechte zu Geschlechte wandert
Die Sage, eine ungeheure Flut
Werd' alle Lebenden dereinst verschlingen.
Ein Gott, ein mächt'ger über alle Götter
Sei es, der das seit Ewigkeit bestimmt.
Zu Schanden mach' ich diese Prophezeiung.
Seh'n soll die Welt, daß sie ein Ammenmärchen
Für Kinder ist. — Ruf' meine Großen, Kamur!
Verkünden will ich ihnen meinen Willen.

(Kamur geht nach dem Ausgange der Halle und winkt, worauf die
Großen des Reichs eintreten und sich an den Seiten von Sirius'
Thron reihen.)

Sirius.

Ihr, meine Großen, hört, was ich beschloß,
Um meines Lebens Werk zu krönen! Rings
Nach meines unermeßnen Reiches Zonen
Entsendet Boten, daß aus allen Ländern
Werkmeister kommen, Maurer, Zimmerleute;
Der vierte Teil der Wohner jedes Landes
Soll's sein. Als ew'ges Denkmal meiner Größe
Will einen riesigen Palast ich bauen,
Der Erde höchste Gipfel überragend;
So hoch sein Dach erheben soll er, daß
Die kühnste Wolke selbst zu ihm empor

Den Flug nicht wagt; wenn mitternächt'ges Dunkel
Die Erde deckt, bis zu der Sonne Aufgang
Weithin noch strahlen soll er ihren Glanz.

Die Großen.

Wir hören staunend und gehorchen stumm. (Ab.)

———

Dritte Scene.

Ein von hohen Bergen umgebenes Thal, zur Seite ein Altar.

Noah und eine Schar von Arbeitern vor dem Altar kniend.

Chor.

Der aus dem Abgrund wüst und leer
Du riefst der Sterne erstgebornes Heer,
Und ließest sie auf ew'gen Bahnen rollen,
So wie der Himmel und die Erde,
Und Mond und Sonne Huldigung dir zollen,
So auch von unserm Herzen werde
Anbetung dir zu teil,
Jehova, Heil dir, Heil!

Noah.

Ihr Knecht' und Mägde, an eu'r Tagwerk geht!
Ihr da, die Herden treibt zur Tränke;
Und zu dem Herrn der Himmel fleht,
Daß er uns seinen Segen schenke.
Und ihr, das Korn, das schon gebräunt,
In Garben bindet. Reichen Segen
Hat uns gebracht des letzten Frühlings Regen
(Die Arbeiter gehen ab.)

Nadar tritt auf.

Noah.

Sei mir gegrüßt, mein alter Freund!

Nadar.

Daß ich zuletzt gesehen dich, ist lang;
So, als bei meinem Morgengang

Ich hier vorüberschritt an deinen Zelten,
Dacht' ich, dir bieten wollt' ich einen Gruß.

Noah.

Sei mir willkommen! Allzu selten
Trägt dich in dieses Thal dein Fuß.
Ruh' aus mit mir in dieser Palme Schatten!

(Sie setzen sich.)

Nadar.

Laß hin ob diesem Thal die Augen schweifen,
Wie reich das Korn, die Früchte reifen!
Doch eins zu sagen, mußt du mir gestatten.
Darf frei ich reden?

Noah.

Fünfzig Jahre schon
Sind Nachbarn wir, warum daher die Frage?

Nadar.

Bedenklich scheint mir beine Lage,
Ja, daß Gefahren dich bedroh'n,
Muß ich befürchten. Viel, du weißt,
Bin auf der Erde ich umhergereist,
Und sah, wie alle, die sonst an Jehova glaubten,
Sich nach und nach zum Götzendienst bekehrt.
Du bist der Einzige, ich kann's behaupten,
Der noch den alten Gott verehrt.
Und oft schon hört' ich, wie darob
Die Götzendiener dich als Starrkopf schmähten.
Darum laß ab, Jehova anzubeten!
Nur Unheil schaffst du dir, wenn Preis und Lob
Du ihm noch ferner spendest.

Noah.

Schweig!
Gottloser, länger dich zu hören
Geziemt mir nicht.

Nadar.

Ich wäre feig,
Wenn ich nicht offen redete; laß dich beschwören!
Sei auf der Hut; lang hab' ich mich gegrämt,
Denn dich bedroht der Andersgläub'gen Haß.
Wenn man sich Unvermeidlichem bequemt,
Zum Scheine nur, was schadet das?
Du mußt den Götzen Opfer bringen,
Und, in der Hand das Weihrauchfaß,
An ihrem Altar Psalmen singen.
Sie sind von Stein und Holz, Geschöpfe
Der Menschen nur, und selbst wir armen Tröpfe
Noch dürfen besser uns als sie bedünken,
Wir können geh'n doch, essen, schlafen, trinken.
Doch daß vor ihnen fromm die Augen wir verdreh'n,
Um uns vor ihrer Wut zu schützen,
Kann uns nicht schaden, nein, nur nützen.

Noah.

Ruchloser, fort! Nie mehr laß mich dich seh'n!

Nadar (aufstehend).

Ich gehe, magst du ins Verderben rennen!
Ich aber, offen will ich dir bekennen,
Daß nicht für besser, nein, für noch geringer
Als sie, mir dein Jehova gilt.
Er ist ein Nichts, ein Luftgebild,
Sie aber haben Arme, Beine, Finger,
Ja, ihrer ein'ge tragen hundert Köpfe,
Und ihnen beug' ich mich, voll von Respekt.
Denn Köpfe sind's, wenn auch kein Hirn drin steckt.
Doch wenn vor deines Wahns Geschöpfe
Du, Noah, knietest, Mitleid flößte
Dein Thun mir ein. Du sagst, er sei der Größte,
Der Ew'ge. Und deine Söhne, Töchter

Knie'n mit dir vor ihm nieder; zornig schau'n
Die Nachbarn zu, die Männer und die Frau'n,
Ich aber einzig mit Gelächter.
Sag' an, wer ist's denn, den ihr also preist?
Du sagst mir wohl, er sei ein Geist,
Doch künde mir, wo ist er nur?
In allen Räumen zwischen Erd' und Mond
Sucht man vergebens seine Spur.
Und wenn er über allen Himmeln wohnt,
Warum hier unten auf der Erde läßt
Er uns in Jammer, Elend siechen?
Warum, als wär' es ihm zu schau'n ein Fest,
Uns zwischen Erdstoß, Hungersnot und Pest,
Ameisen gleich, am Boden kriechen?
So hab' ich meiner Galle mich entledigt.
Weil du dich in das Unglück stürzest, seh' ich
Auf dich voll Mitleid. So, genug der Predigt,
Und, Vetter, sei nicht bös auf mich, nun geh' ich.
(Ab.)

Noah (allein).

Von Tag zu Tage um mich her
So lichten sich die Reih'n der Frommen.
Oed' wird es um mich mehr und mehr:
Ich seh's, bald wird die Stunde kommen,
Wo auf der Erde auch die letzte Spur
Der Guten schwindet, die an dir gehangen.
Im Garten Eden war doch eine nur,
Jetzt kriechen allum hunderttausend Schlangen.
Sieh dort, im Osten wirbelt Staub empor,
Im Winde wehend kündet eine Fahne
Das Kommen einer Karawane.
Schon nah und näher an mein Ohr
Ertönt vom Hals der Dromedare
Der Glöckchen Schall. Ihr Knechte auf, herbei,
Gastfreundlich aufgenommen sei

Sie hier. Am Brunnen mir, Paar neben Paare
Die Tiere tränkt! Dem Führer laßt
Entgegen gehen mich, ihn zu begrüßen.

(Er geht gegen die Seite und tritt dann mit dem **Karawanenführer**
und einer Anzahl von **Kameltreibern** in den Vordergrund.)

Noah.

Willkommen! Schüttelt ab von euren Füßen
Den Staub und gönnt euch hier im Schatten Rast!
Ihr Treiber auch nehmt Platz im Kreis!

Karawanenführer.

Hab' Dank! Schon glüht die Sonne heiß,
Drum gönne, daß wir uns an dieser Kühle laben.

Noah.

Nehmt da das frische Brot von Mais
Und hier den Honig; keinen bessern haben
Die Bienen je gesammelt noch, als diesen.
So reiche Blüten waren auf den Wiesen
Nie früher, wie in diesem Jahr.

Karawanenführer.

Da preis' ich glücklich dich fürwahr,
Daß Raub und Mord und Plünderung,
Die auf der ganzen Welt in Schwung,
Nicht in dein stilles Thal gedrungen.
Am Tag auf unsrer Fahrt in allen Landen
Sind wir bedroht von Räuberbanden,
Nachts ringsum lecken Feuerzungen,
Von Unheilstiftern angezündet.

Noah.

Tagtäglich wird mir solcherlei verkündet.
O Herr, wie ist doch deine Langmut groß,
Daß Untergang all diesen Sündern
Du nicht bereitest in des Abgrunds Schoß!

Karawanenführer.

Auch uns, zu rauben und zu plündern,
Nichts bleibt uns übrig mehr als das.
Wer's selbst nicht thut, der muß sich plündern lassen.
Im Wüstensand wie in den Felsengassen
Sind wir verfolgt von ihrem Haß.
Rings in die Wüste sollen die Kamele
Frei irren; unter meinem Machtbefehle
Zum Ueberfall der Karawanen in den Felsgebirgen
Will ich an meines kleinen Heeres Spitze
Auszieh'n.

Noah.

Unsel'ger, bei dem Rauben, Würgen
Zagst du nicht vor des Himmels Blitzen?

Karawanenführer.

Der Stärkste alles dessen, was da lebt,
Sirius, hat mir als Beispiel vorgeschwebt.
Wahr ist's, hat doch, anstatt die Welt von Missethat
                                              zu säubern,
Er selber sich gesellt den Räubern!
Er treibt das Handwerk in dem größten Stil;
Doch das, mich dünkt's, verschlägt nicht viel. —
Indem jedoch auf deines Zeltes Stricke
Und in den Staub am Boden deiner Hütte
Ich meine Stirn inbrünstig drücke,
Schwör' ich, nicht weich' ich von des Gastrechts heil'ger
                                              Sitte.

(Der Karawanenführer und die andern ab.)
Noah mit einigen seiner Knechte.

Noah.

Das Herz wird mir von Weh beschlichen
Bei ihren Worten. Sind von dir gewichen
Sie alle denn?

Knecht.

Wie wild von einem Tiger aufgescheucht,

Heran von Süden durch die Wüste feucht,
O Herr, ein scheuer Schwarm von Flücht'gen.
Und von den Geißeln, welche sie zu zücht'gen
Die Büttel schwingen, tönt schon nah das Sausen.

Eine Schar von Flüchtlingen stürzt herein.

Die Flüchtlinge.

Wir flohen bang
Vor ihrer Eisenruten Klang.
Da sind sie schon, es sträubt vor Grausen
Sich jedes Haar uns.

Noah (zu einem Knecht).

Du da geh! und finden
Laß Schutz sie dort im Wald der Tamarinden!
Ich weiß, daß Sirius, der alle sonst erbittert
Verfolgt, vor meinem Grimme doch erzittert.

(Die Flüchtlinge werden von einem Knechte abgeführt.)

Noah (zu den Knechten).

Den Bütteln, daß sie vor mir zagen,
Müßt ihr, daß ich sie schütze, sagen.

(Die andern Knechte gehen ab.)

Sem, Ham, Japhet treten auf.

Sem.

Sieh, Vater, wen wir zu dir bringen!
Den Japhet, welchen wir zu suchen gingen.
Im Abgrund mit zerrissenen Gewanden
Lag er, ein Glück, daß wir ihn fanden

Noah.

Mein Sohn, ich seh's, du bist verwundet.

Japhet.

Nichts ist es, wieder schon bin ich gesundet
Dank dem Antares, welcher mich gerettet;
An einer Quelle hat er mich gebettet,
Und ihre Flut, die mir die Stirn gekühlt,
Hat mir den Schmerz der Wunde fortgespült.

Noah.

Daß, Sohn, der Sturz dir nicht geschadet,
Dank ich dem Herrn, der stets mich reich begnadet.
Doch, Japhet, sprich, und ihr auch, Sem und Ham,
Was steht der Sinn euch rastlos in die Ferne?

Japhet.

Jenseits von dieser Berge Kamm,
So sagt man, leuchten andre, hellre Sterne.
Und in der Seele stachelt unaufhörlich
Ein Drang mich, sie zu schau'n.

Noah.

Denk wie gefährlich,
Ein solcher Gang ist, du bist jung
Und nicht gestählt für diese Wanderung.

Ham.

Auch Sem und mich, obgleich wir fast noch Knaben,
Hinaus doch in die Weite drängt's
Uns mächtig oft. Von dieser Welt, was haben
Wir noch gesehen? Fast die Brust uns sprengt's,
Wenn Reisende von fernen Landen
Berichten, wie so anders alles da
Und wunderseltsam fremd sie fanden.
Mich quält es, daß ich nichts von dem noch sah.

Sem.

Ja, hören möcht' ich an den fremden Stranden,
Wie rauschend unermeß'ne Meere branden.
Seh'n möcht' ich, wie der Raum sich ausdehnt unbegrenzt,
Und strahlender der Himmel glänzt,
Wie an den Zweigen andre Früchte reifen,
Und Vögel, buntgefiedert, durch die Lüfte streifen.

Japhet.

Denk, Vater, was du mir versprachst, darum
Hab' ich das erste Recht. Wie oft nicht stumm

Dort auf der Höhe unter den Cypressen
Hab' ich vom Frührot bis zur Nacht gesessen,
Und in die Ferne mich gesehnt.
Da war mir, vor mir läge unermessen
Die große Welt des Lebens hingedehnt.
Die Rätselfragen alle, die mich quälen,
Dort, dacht' ich, würd' ich drauf die Antwort finden,
Aus des Gedankens Irrgewinden
Den Ausweg. Was auf allen Seelen,
Ich denke, wuchtet, fühlt' ich. Unter dieser Last
Verzweifelnd oft erlag ich fast.
Wenn Nachts empor die ew'gen Sterne stiegen,
Wer sind wir, fragt' ich sie, warum
Auf Erden irren wir? Sie schwiegen.
Und hinter ihnen schaute stumm
Die Ewigkeit auf mich herab.
Drauf in die Gruft schritt ich, wo Grab an Grab
Die Reste unsrer Väter ruh'n.
Ich glaubte, noch umschwebten ihre Schatten
Die Stätte, wo sie sich gebettet hatten,
Und sprach: Seid tot ihr, stumm für immer nun?
O fündet mir, was meinem Geiste, meinen Sinnen
Verhüllt blieb seit der Welt Beginnen.
Was ist es, das so oft schon, rätselvoll,
Aus eurer Tiefe mir entgegenquoll?
Die Wesen all, die schon auf Erden waren,
Wo sind sie nun, die unzählbaren?
Doch Antwort ist mir nicht erschollen,
Vom Himmel nur, als ob er zürne,
Hernieder tönte dumpfes Donnerrollen.
Vergib mir, Vater! Deine Stirne
Legt sich in Falten; doch nicht ruh'n
Ließ mich's; ich mußte kund dir thun,
Was qualvoll drückt auf meinem Haupt
Und mir der Nächte Schlummer raubt.

Noah.

So ist es wahr denn, was seit lange
In düstern Stunden ich geahnt?
Auch in dein Herz hat sich die alte Schlange,
Mein Sohn, die schleichende, den Weg gebahnt.
Jehova hat dem Sterblichen verkündet,
Das halte fest, was ihm zu wissen frommt!
Doch vieles bleibt auf Erden unergründet.
Und wisse, alles Böse kommt
Daher, daß unser erstes Elternpaar
Die Frucht von der Erkenntnis Baum gepflückt.
Darum vertrieb, das Flammenschwert gezückt,
Der Cherub sie aus Eden, wo ihr Wohnsitz war.
Wohl weiß ich, wer den Drang, das Ungestüm
Dir eingeflößt hat, das dich quält;
Antares war's, den du zum Freund erwählt.
Ich warne, Japhet, dich vor ihm.
Los hat er von Jehova sich gesagt;
Und ob er auch vor Götzen, wie die Andern,
Nicht Opfer bringt, nicht vor dem Himmel zagt
Sein wilder Geist, in wüsten Träumen wandern
Ihm die Gedanken, und vor bösen Mitteln bebt
Er nicht, wenn er erreicht, was er erstrebt.

Knecht (auftretend).

Aufs Aehrenfeld sind, Herr, geeilt die Knechte
Entgegen einem Löwen, der von Süden
In deine Marken einbrach.

Sem.

    Bruder, komm,
Du bist ein guter Bogenschütz, und ich,
Im Speerwurf nehm' ich es mit jedem auf.
Du, Vater, bleib!

Noah.

    Sollt' ich zurück mich halten?

Noch straff zum Lanzenschleudern ist mein Arm.
Du, Japhet, deiner Wunde wegen bleib!

(Noah mit Sem und Ham ab.)

Antares und Azila treten auf.

Japhet.

Laß ab, Antares, nicht ist's wohlgethan,
Daß mit der Schwester Noah jetzt dich trifft.
Seit lang, warum nicht weiß ich, zürnt er dir.
Auch auf Azila hegt er Groll, weil sie
An deiner Seite hie und da er sah.

Azila.

Wie könnt' er zürnen, Bruder, da mein Herz
Allmächtig mich zu ihm hinzieht, wie sein's
Ihn zu dem meinen. Ruhe finden werden
Sie nicht, bis, wie vom Himmelsblitz berührt,
In einem großen Brande mit dem meinen
Sein ganzes Sein zusammenschmilzt. An ihn
Fest bin auf ewig ich gebunden, Bruder!
Früh schon, als ich in's Leben noch nicht lang
Getreten, und noch fremd und freudenlos
Der wunderbaren Welt in's Antlitz schaute,
Aus seiner blauen Augen Tiefe strahlte
Des Himmels Seligkeit entgegen mir.
Ich glaubt', ein Seraph aus dem höchsten Himmel
Sei er gekommen und auf seinen Schwingen
Des Aethers leuchtenden Azur hab' er
Mit sich gebracht.

Japhet.

Bedenk', mein Freund ist er,
Und keinem andern gönn' ich dich, als ihm.
Doch nicht des liebevollen Vaters Zorn
Zieh' auf dich nieder! Kommen wird die Zeit,
Daß gern er deine Hand in seine fügt.
Geh', Schwester, nun! Hier mit Antares noch,

Bevor der Vater kehrt, geheim zu ordnen
So manches hab' ich.

(Azila ab.)

Teuer, weißt du, ist
Mir deine Freundschaft! Von dem wilden Plan
Laß ab! Ein guter Baum kann nicht gedeih'n,
Wenn Blut die Wurzel tränkt, denn auf ihm ruht
Des Himmels Fluch.

Antares.

Mein Freund, du bist zu weich!
Wenn ich die Sehnen erzgleich mir geschmiedet,
So ist's mein großes Werk, das es verlangt.
Nicht will ich, daß die Guten, wie die Bösen
Der Mordstrahl treffe; doch die Frevler alle,
Die ungezählten, deren Odem rings
Die Welt verpestet, muß ein Untergang,
Ein ungeheurer, wie der Wetterstrahl
Ereilen, und vom gift'gen Dunst gereinigt
Wird klar die Luft die schöne Welt umfließen.
Ja, Freund, und in dem großen Brautfest, das
Die Erde mit dem Himmel feiert, werde
Auch meines mit Azila ich begehen.
Hinweg mit deinen thörichten Bedenken!
Tritt ein in unsern Bund; wir harren deiner!

Japhet.

Dein Wort verlockt mich nicht; noch bleibt dir Frist;
Und wenn du diesem Mörderplan entsagst,
Gesellen werd' ich freudig mich zu euch,
Für Sirius' Sturz und seiner Helfershelfer
Mit euch zu wirken. Jetzt von hinnen treibt's mich.
In diesem engen Thale sprengen will
Das Herz die Brust mir.

Antares.

Wer der Argen Sturz,
Die diese Welt zur Hölle machen, will,

Darf bang' nicht, wie ein Knabe, vor den Thaten
Erbeben, die allein zum Ziele führen.

Japhet.

Ich denke anders; doch Entscheidung, ob
Sich ganz mein Weg von deinem trennen soll.
Ist noch nicht nötig. Freund, laß dir vertrau'n,
Was vor der Seele mir schon lange schwebte.
Verschollen in des Lebens wildem Lärm
Vom Garten Eden ist die Kunde fast,
Dem Paradies des ersten Elternpaares.
Dort war nicht Sorge, Alter nicht, noch Tod,
Im Tau der Frühe glänzte stets das Thal,
Und leichte Nebel, die im Morgenhauch
Hinwallten, ließen ewig frisch und jung
Das Grün der Wiesen leuchten. Wie verschollen
Ist jetzt dies Eden; aber hie und da
In Ahnungen, in Träumen füllt es noch
Mit Sehnsucht der bedrängten Menschen Brust.
Mir — lächle nicht! — in wachen Träumen ward
Davon die Kunde; fern im Osten fließen
Vier Ströme, klar und lauter, wie
Der ersten Menschen unschuldsvolle Seelen,
Um jenes Garteneiland. Heute noch
In sel'gem Frieden lebt der Patriarch
Der Welt dort, Enoch, dem Unsterblichkeit
Verlieh'n ward, weil von allen Staubgebornen
Allein er sündlos war. So brech' ich auf
Nach jenem Thal; ich weiß, ein Geist von oben
Zeigt mir den Weg.

Antares.

　　　　　Erstaunt hör' ich dich, Freund.
Gefahrvoll ist der Weg und ungewiß
Das Ziel.

Japhet.

Mag sein, doch herrlich auch der Preis,
Der dort mir winkt. Nur einen Atemzug
Von jenen Paradieseslüften schlürfen!
Die Welt mit allem dem, was in ihr ist,
Geb' ich dafür.

Antares.

Ich sehe, dich zu halten
Ist fruchtlos. Doch enttäuscht, ich weiß, kehrst du
Zu uns zurück. Nicht aller Blüten Fülle,
Nicht Farbenpracht wird dich auf lang dort halten;
Zum Wirken und zum Ringen wieder bald
Seh' ich dich heim in meine Arme kehren.

Japhet.

Ja, Vater, Brüder nicht, noch dich auf immer
Werd' ich verlassen. Dir nochmals an's Herz
Leg' ich's, entsag' den wilden, blut'gen Plänen,
Die du im Herzen wälzest; dann mit dir
Vereinen will ich mich zum großen Werk,
Das im Verborg'nen reift. Leb' wohl, Antares!
Und laß durch meiner Brüder Mund vom Vater
Verzeihung mir erbitten, daß ich so
Ihn ohne seinen Segen, Freund, verließ.

Vierte Scene.

Blühendes Thal.

Azila, Mona, Barida und eine noch jüngere Tochter Noahs treten auf, Schmetterlingsnetze in den Händen.

Azila.

O, seht die Blumen hier, die schönen!
Schon naht der Herbst mit schnellem Schritt,
Doch noch, wie um des Sommers Werk zu krönen,
Bringt er der Blüten schönste mit.

Mona.

Die ganze Flur erglänzt rot, blau und golden,
Nicht abzupflücken wag' ich diese Blüten,
Der Erde Lieblingskinder sind die holden.

Azila.

O, könnt' ich vor dem Hauche sie behüten,
Der rauh bald her von Norden wehen wird.

Barida.

Sieh dort die bunten Schmetterlinge!
Unstet, als wären sie verirrt,
Von Kelch zu Kelche flattern sie,
Getragen von der himmelblauen Schwinge.

Mona.

Dort jener schwarze mit der Purpurbinde!
Noch seinesgleichen sah ich nie.
Und jene drüben über Wiesengründe

Hinflatternd, Blumen scheinen sie zu sein,
Die losgerissen sich von ihrem Stengel.
Her mit den Netzen, fangen wir sie ein!

Azila.

Auf leichten Schwingen wie des Himmels Engel
Hinschweben sie, verfolgt von euren Netzen.

Barida.

Nichts Böses thun wir ihnen, glaub',
Wir wollen ihrer Flügel bunten Staub
Nur sehen und sie dann in Freiheit setzen.

Sirius (tritt auf und spricht zu dem Gefolge).

Macht dort am Abhang mit den Rossen Halt,
Und harrt, bis mein Signal erschallt!
Das weit're wißt ihr.

(Für sich.) Sterne, die an Glanz ihr gleichen,
Sah ich am Himmel nie. Auf ihren Wangen glüht
Des Morgens Rot, und seit es aufgeblüht,
Muß das des Himmels matt erbleichen.

(Zu Azila.)

Mit welchem Namen, Wunderbare,
Soll ich dich nennen? So von Reiz umwallt
Ist deine leuchtende Gestalt,
Daß ich geblendet sie noch kaum gewahre.
Der Fülle deiner schwarzen Lockenhaare
Entquillt ein Duft wie von Narzissen,
Wie wenn der Frühling mit den ersten Küssen
Die Erde aufweckt, und sein Hauch
Mit leisem Weh'n der Kelche Rauch
Hin durch die Wälder trägt.

Azila.

Genug!
Nicht weiter, Fremdling, kann ich hören.

Sirius.

Nein, flieh' nicht mit der Schwalbe leichtem Flug!
Ihr Kleinen geht! Kein Ohr soll unſre Zwieſprach ſtören!
(**Bariba, Mona** und die dritte kleine Tochter Noahs ab.)

Azila.

Um Hilfe ruf' ich.

Sirius.

Fragen, wie du heißt,
Nicht will ich, noch bir meinen Namen künden.
Um ſo viel ſchöner iſt es, daß wir uns verbinden,
Wenn meinen Namen du nicht weißt,
Noch ich den beinen.   Dort im Walbesthal,
In deſſen ew'ge Dämmerungen
Verirrt nur bringt des Tages Strahl,
Laß ruh'n uns Arm in Arm verſchlungen!
Nur noch aus beinem Auge ſoll der Tag
Mir leuchten, während unter uns bie Welt verſunken,
Unb eines jeden Herzens Schlag
Dem andern ſagt, wie es von Wonne trunken.

Azila.

Erbarme meiner, Frembling, bich, ich bitte.
Zu hören bich verbietet mir bie Sitte.

Sirius.

Nie hab' ich Liebe noch gekannt.
Doch mächtig als ich dich erblickte,
So wie des Himmels Wetterstrahl, durchzückte
Sie mich, und einen großen Flammenbrand
Hat ſie in mir entfacht.

Azila.

Den Vater werb' ich rufen,
Er iſt nicht einer von den Gottverächtern.

Sirius.

Hör', wer ich bin, vor allen Erbentöchtern

Beglückte du. An der Altäre Stufen
Streu'n mir, soweit die Erde reicht,
Die Priester Weihrauch, der in Ringen
Empor zum Himmel wirbelnd steigt,
Indes die Völker, ehrfurchtsvoll geneigt,
Am Boden knie'n, mir Hymnen singen
Der Tag, die Nacht, der Himmel und die Meere.
Doch diese Welt, die ungeheure,
Was ist sie ohne dich mir, Teure?
Nur eine grenzenlose Leere.
Komm, ruh' zur Seite mir auf meinem Throne,
Und Könige, zu meinem Dienst gegürtet, sollen
Das Köstlichste von jeder Zone
Zu deinen Füßen legen! Laß verschollen
Die eitle Mähr vom Tode für uns sein,
Indessen Glück, unsterblich, unbegrenzt,
Mit ewig grünem Laub die Stirnen uns umkränzt.
Nun, willst du kommen?

Azila.
Laß mich!

Sirius.

Nein?

Wohlan, du sollst, du wirst! Herbei
Ihr meine Treuen, und auf meines Rosses Bug
Hebt sie; hinweg mit ihr im Flug!

Azila.

Hilf, Vater, hilf!

Noah (auftretend).
Was für ein Schrei?

Mein Kind, Azila!

Azila.
Deine Hilfe leih

Mir, Vater!

Sirius.

Noah ist's, der Greis,
Den alle ehren. Aber sei's!
Was säumt ihr? Thut, wie ich geheißen!

(Sirius mit den Gewaffneten, die Azila fortschleppen, ab.)

Noah (nacheilend).

Wollt aus der Brust ihr denn das Herz mir reißen?

––––––

Fünfte Scene.

Der Garten Eden.

Ein Seraph und Japhet.

Seraph.

Dich schon am Eingang zu empfangen,
Gab mir Jehova das Gebot.
Laß fahren, Sterblicher, das Bangen!
Da leuchtet vor dir in des Morgens Rot
Der Garten Eden, der den Erdgebornen
Verschlossen seit der Urzeit blieb,
Als unser Flammenschwert sie draus vertrieb.
Du zagst? Jehova will den langverlornen
Dir aufthun, beines Vaters wegen,
Des einzigen vom lebenden Geschlecht,
Den er erprobt hat als gerecht;
Auch auf des Noah Kindern ruht sein Segen.
Du sollst es seh'n, der Menschen erstes Paradies.
Jehova in gerechtem Zorn verwies
Die ersten Sünder draus, doch seine Gnade
Will wieder aufthun euch borthin die Pfade,
Wenn noch es dich zum steten Bleiben lockt.
Hier ist es, wo in Freude, welch' nie gestockt,
In Scherz und Spielen seine frühste
Kindheit der Mensch verbracht, bevor durch Schuld,
Die ihm verscherzt des Himmels Huld,
Er in Verbannung qualvoll büßte.
Sieh nun, ob Edens Himmel, ewig ungetrübt

Und heiter, unter dem nie Sorge waltet,
Noch trüber Sinn die Stirne faltet,
Euch das, was ihr ersehnt, von Neuem gibt!

Japhet.

Zu atmen wag' ich kaum. Anbeten
Laß, Cherub, mich und niederknie'n;
In seiner Schöpfung hier erkenn' ich ihn,
Den Ew'gen, Einen. Aber darf betreten
Ich dieser Matten leuchtenden Smaragd,
Den Rasen, den mit Blüten übersäten,
Davon mir jede aus dem nie verwehten
Saftgrün des Bodens hold entgegenlacht?
Es scheint, die Sterne, die zuvor die Nacht erhellt,
Von droben seien sie herabgeronnen,
Und schimmerten, wie sonst am Himmelszelt,
Jetzt hier an jedem Halm wie kleine Sonnen.
Hervor dort aus dem Dickicht starrt
Der Tiger, und des Auges rote Flamme
Sprüht durch die Waldesnacht der Leopard;
Doch beide liegen friedlich bei dem Lamme.
Und Wundervögel wiegen, buntgefiedert,
Sich hoch auf niegeschauter Bäume Zweigen,
Von Ast zu Aste schmettert und erwidert
Der Chor dem Chor; und wenn sie schweigen,
Melodischer noch tönt das Wogenrollen
Der Paradiesesströme, die mit vollen
Gewalt'gen Klängen, hochbeschäumt,
Die Wellen zu des Gartens Seiten
Hinwälzend, bald das Lied begleiten,
Und bald in mächt'germ Chor noch rauschen.

Seraph.

Hier verträumt
Enoch, der Patriarch, sein Leben,
Dem auf sein Flehen Gott Unsterblichkeit gegeben.

Hier, nah am Berghang zu gewahren
Vermagst du seine mächtige Gestalt.
Wie viele der Jahrtausende auch alt
Er sei, noch ist von seinen Lockenhaaren
Nicht ein's ergraut. Ich will dich zu ihm führen.
Sieh! er erhebt sich, tritt zu ihm hinan!

Enoch zeigt sich am Hang eines Hügels; **Japhet**, von dem **Cherub** geführt, tritt zu ihm.

Japhet (zu Enoch).

Laß mit der Stirne mich die Füße dir berühren,
Erhabener! Vor Ehrfurcht stammeln kann
Mein Mund nicht, wie sich's ziemt, dir Huldigung.

Enoch.

Wer bist du, Fremdling, der so jung
Du in die Ewigkeit der Jahre tritt'st,
Die sich mir auf das Haupt gehäuft?
Noch weiß von Leiden, die du litt'st,
Von Thränen, welche deinem Aug' entträuft,
Nicht deine Jugend; aber meinen Ratschlag höre:
Wünsch' nicht, daß diese und dein Leben ewig währe!
In steter Wonne im Beginn
Wohl floß mein Dasein selig hin.
Jedwede Stunde, die in leichtem Flug
Hin über meinem Haupte schwebte,
Sucht' ich zu halten, und ich bebte,
Daß die Entzückungen, die mir heran sie trug,
Entschwinden würden. Doch, wenn sie entfloh'n,
Trug neue und noch höh're schon
Heran die nächste mir. Wenn hehr und groß
Des Tages Sonne sank, sah ich im Feierreigen
Noch herrlicher die andern Sterne steigen,
Die tief geheimnisvoll in ihrem Schoß
Die Nacht, die große Mutter trägt.
Und gleich dem Klange süßer Wiegenlieder

Quoll es von ihnen zu mir nieder.
Ich schlummerte, bis leicht bewegt
Die Ceder über mir im Frühwind sich geregt.
Doch wie sich Jahre so an Jahre reihten,
Wie die Jahrtausende zu Ewigkeiten
Anschwollen, müde ward ich all der Wonnen.
Ich dachte, wie indes in Kampf und Streit
Den Sterblichen die Lebensfrist verronnen,
Wie unter Not und Mühe
Geschlecht sich an Geschlecht gereiht,
Und wie, der eine spät, der andre frühe,
Sie endlich alle sich zu Grab gelegt,
Wo nicht der Schmerz und nicht die Freude
Zu einem Schlage noch das Herz bewegt,
Und dieses ganze ewige Gebäude
Für sie versinkt mit allen seinen Welten.
So wie von Ort zu Ort der Wanderhirt
Mit seinen Herden zieht und seinen Zelten,
Vielleicht jenseits der Zeit, des Raumes wird
Ein neues Leben sie erwarten. — Doch wenn nicht,
Wenn ganz, um nie auf's neu sich zu erheben,
Ihr Dasein in sich selbst zusammenbricht,
Auch das ist besser, als hier unten ewig leben.
Ob neues Dasein folge und Verjüngung,
Ob wir noch einmal aufersteh'n,
Am besten ist's, daß nach des Tagewerks Vollbringung
Zu Grabe wir in Ruhe geh'n.

Japhet.
Ehrwürdiger, erstaunt dich hör' ich.
Wenn ewig ich hier lebte, ewig, schwör' ich,
Auch würde sich mein Glück erneuen.

Enoch.
O, schwöre Jüngling, nicht! Und böte
Dir Gott Unsterblichkeit, es würde dich gereuen,

Wenn du sie annähmst. Jedes Morgens Röte,
Ob noch so göttlich schön sie steigt,
Jedwede Nacht, die hehr zu deinen Häupten schweigt,
Nur würde Sehnsucht dir erwecken,
Hinaus zu zieh'n zu Kampf und Ringen:
Und in dem Thale hier die Tage zu verbringen,
Mehr würdest du als vor dem Tod erschrecken.
Wenn ich dich sehe, Jüngling, du Beglückter,
Der du des steten Lebens Last
Nicht so wie ich zu tragen hast,
Erfüllt mich Neid, und in die Seele drückt er
Den Stachel der Begier, daß, so wie du,
Ich sterben könnte.

(Zum Seraph.)

Leih' dein Ohr mir,
Göttlicher Seraph! Der du vor mir
Und vor der Welt warst, nimm dem Himmel zu
Den Flug, und trage vor Jehova meine Bitte,
Des Lebens Bürde mög' er von mir nehmen!
Selbst mit den Menschen eh'r möcht' ich mich grämen,
Als ewig ruhen hier in Edens Mitte.
Brich auf! Ich zähle die Sekunden,
Bis wieder dich zurück dein Flügel trägt.

Seraph.

Bevor die Schwingung hingeschwunden
Der Luft, die eben hier mein Flügel schlägt,
Schon bin ich oben mit dem Flug des Lichts.

Japhet.

Wo blieb der Cherub?

Enoch.

Angesichts
Des Ewig-Einen, vor dem Thron
Des höchsten Himmels steht er schon,
Die Ewigkeit weiß nichts von Raum

Und Zeit, und einzig euch, den Blinden,
Umhüllen sie, wie dunkle Binden,
Den Erdensinn.

Japhet.

Bin ich im Traum?

Seraph.

Der Herr erhört dich. Nimm! Dein Leben endet,
Wenn du den Becher leerst, den hier er sendet.

Enoch.

Empfang', Jehova, meinen Dank!
Mit Wonne schlürf' ich ein den Trank.

(Er trinkt und stirbt.)

Seraph.

Sein Hauch verweht im Morgenwinde,
Von seinen Augen sank die Binde
Von Raum und Zeit, wie er's ersehnt.

Japhet.

O, Seraph, und wenn ich gewähnt
Hier fänd' ich meiner Sehnsucht Ziel,
Nun auch von meinem Blicke fiel
Der Schleier. Einmal noch beschauen
Laß mich die wonnevollen Auen,
So schön, daß vor des Staubgebornen Sinnen
Gleich Morgenträumen sie zerrinnen.
Die Paradiesesströme noch einmal
Laß seh'n mich, blinkend in der Frühe Strahl!
Und dann von ihrem Anblick los mich reißen
Will ich und euch willkommen heißen
Da draußen euch, ihr Stürme all;
Willkommen mir, ihr Kämpfe. Ringen,
Wie Schwimmer in des Meeres Wogenschwall —
Und mögen eure Fluten mich verschlingen —
Will ich mit euch. Nun zu euch wieder

Kehr' ich zurück, mein Vater, meine Brüder,
Ihr, die ihr meiner lang vergebens harrtet.
Verrauscht ist mir der eitle Wahn,
Der von der Ferne nur das Glück erwartet,
Und vor mir sind die Schranken aufgethan
Zu großem Wirken. Auf den Knie'n
Erfleh' ich, hehrer Cherub, deinen Segen!

Seraph.

Wie meine Hände auf dein Haupt sich legen,
In des Jehova Namen spend' ich ihn.

Sechste Scene.

Halle im Palaſt des Sirius.

Sirius, Kamur, Benzur.

Benzur (eintretend).

Mehr, immer mehr der Boten bringen Kunde,
Gebieter, daß jetzt der Empörung Geiſt,
Der hier und da zuerſt nur aufgeflackert,
Empor in mächt'gem Brande ſchlagen wird,
Wenn nicht mit aller Macht ihn zu vernichten
Du den Befehl gibſt.

Sirius.

　　　　　Daß du an dem Laut
Erſtickt wärſt, eh' auf deine Lippen er
Sich wagte. Wenn ſich unter meinen Füßen
Der Wurm im Staube krümmt, zertret' ich ihn,
Doch rede nicht. Und ihr, was wagt von Aufruhr
Ihr mir zu reden, eh' in der Empörer Blut
Gelöſcht er iſt?

Benzur.

　　　　　Wirf doch dem Adler vor,
Der hoch vom Himmel niederſpäht, er ſei
Nicht wachſam! Wo nur eine leiſe Zuckung,
Hin durch die Völker bebend, ahnen ließ,
Sie rüttelten am Joch, hin ſandt' ich Heere
Auf Heere, doch des Aufruhrs wilder Geiſt
Durchzuckt auch ſie.

Sirius.

So laß mit Eisenruten,
Im Feuer rot geglüht, sie geißeln, bis
Ihr Blut zum Himmel qualmt. Mir aber sprich,
Dein Haupt sei dafür Bürge, nicht davon! —

(Benzur, sich tief verneigend, ab.)

Sirius.

Nur eines füllt mein Sinnen: Dieses Weib,
Das himmlische, das einzige, das je
Mich fühlen ließ, was Liebe sei, Azila!
Soll ich gesteh'n, daß ich, des Weltalls Herr,
Vor ihr ohnmächtig bin?

Kamur.

Ohnmächtig, du?
Vor dem die Berge zittern, und gekrümmt
Der Ozean in seinem Bett, ein Sklave,
Sich windet?

Sirius.

Ja, sie kann ich bändigen,
Allein Azila's Herz! Wer gibt darüber
Mir Macht? Mit Fleh'n, mit süßen Worten hab' ich's
Umsonst versucht, umsonst die Schätze all,
So viele meiner Schlösser Kammern bergen,
Vor sie gebreitet.

Kamur.

Eines noch, Gebieter,
Bleibt übrig. In entlegner Bergesschlucht,
Fern von der Welt der Menschen, wohnt ein Greis,
Der die geheimen Kräfte aller Dinge
Wie keiner kennt. Man sagt, daß er die Schrift
Zu lesen wisse, welche die Natur
Gegraben hat in die uralten Stämme
Der Eichen und auf lang verwitterte
Felshäupter. So wie sie Jahrtausende

Soll alt er sein. Dzariel führt sein Weg,
Wenn er im Lenz Heilkräuter sammelt, bald
Hierhin und bald dorthin, und da mir kund ward,
Hier nah' sei er gesehen worden, her
Ließ ich ihn rufen. Ueber die Gemüter
Der Menschen auch, so sagt man, weiß er Macht
Zu üben, wie er durch des Willens Kraft
Die Sterne lenkt. Vielleicht durch ihn bezwingen
Kannst du des schönen Weibes trotz'gen Sinn.

Sirius.

Ruf' ihn hierher!

Kamur.

Er harrt am Eingang schon.

Dzariel wird von Kamur hereingeführt.

Sirius.

Ich höre Wunder von dir künden, Greis.
Man sagt, in der Natur Mysterien sei'st,
Und in der alten Weisheit Lehren du
Tief eingeweiht, so wie kein anderer.

Dzariel.

Erhab'ner, alte Sagen, die verirrt,
Von dem und jenem nur in dunklen Worten
Gestammelt, aus der Urwelt grauen Tagen
Zu uns sich haben, künden, daß die Welt,
In der wir leben, nur die letzte, jüngste
Von vielen ist, die schon vor uns gewesen.
Und auch der Himmel und die Sterne sind,
Die uns zu Häupten kreisen, nicht dieselben,
Die droben ehedem geflammt. Hellleuchtend
Hernieder von des Himmels blauer Kuppel
In Zeichen, deren Sinn seitdem erloschen,
Verkündeten sie wundersame Weisheit
Den Sterblichen; und in der Erde Schoß

Erblüht, so strahlend fast wie jener droben,
Ein Himmel, dessen Sterne Diamanten,
So herrlich, wie das Heut sie nie gesehen.
In längst erlosch'ner Sonnen Glanze flammten
Die Schätze alle jener frühen Welt;
Von Königen der Urwelt wurden sie
In ihren Reiches Kammern aufbewahrt.
In ihren Kronen haben die Juwelen
Gestrahlt, die jetzt mit deiner Reiche schönstem
Du nicht erkaufen könntest.

Sirius.

                    Mir zu sagen,
Verweg'ner, wagst du, jene Könige
Sei'n mächtiger als Sirius gewesen?

Ozariel.

Du, mein Gebieter, sprichst das Wort, nicht ich.
Ja, wie in Jugendkraft noch durch die Adern
Der Erde hin des Lebens Ströme rauschten,
War mächt'ger, größer Alles. Ihre Herrscher
Vollführten Werke, neben denen nur
Pygmäenwerk ist, was die Spätern schufen.
Und Schätze haben sie gehäuft und Bauten
Getürmt, davon die Sage selbst die Kunde
Mit Zagen einzig nachzustammeln wagt.
Hinabgeschlungen in der Erde Schoß
Ist jene Welt, doch ihre Schätze ruh'n
Noch von der Berge Schichten überdeckt
Im jähen Schlund, der bis ans Erdenherz
Hinuntergähnt. Nie aufgerissen ward
Das Thor noch, das hinabführt, doch, Gebieter,
Den Eingang zeigen kann ich dir. Du wirst
Dort unten Schätze finden, deren kleinster
Den Sinn der Erdentöchter so berückt,
Daß sie in dessen Arme machtlos sinken,

Der solche Herrlichkeit auch nur im Traum
Sie ahnen läßt.

Sirius (zu Kamur).

      Gib den Befehl denn, Kamur,
Daß meiner Sklaven tausend in's Gebirg
Mir folgen. Du, Greis, schreite mir voran!

Siebente Scene.

Finsterer unterirdischer Raum, dessen Wände von Felsen
gebildet werden.

Sirius, Ozariel und eine Schar von Sklaven erscheinen am Rande
eines ungeheuren Abgrunds; einige der Sklaven tragen Fackeln.

Ozariel.

Da liegt sie, weithin aufgerissen,
Unter dir, die unermeßliche Gruft.
Hinunter von Kluft zu Kluft,
Von tiefen zu tiefern Finsternissen
Gähnt sie. Auf dem überhängenden Rand
Der Klippe hier, Gebieter, nimm Stand.

Sirius.

Der unter mir klaffende Schacht,
Dunkle, immer dunklere Nacht
Scheint er aus seinem Schoß zu gebären.
Dann beginnt ein Brodeln und Gähren,
Zuckende Blitze schießen irr
Durch das ungestalte Gewirr.
Hinunter, ihr Sklaven! Die Fackeln in Händen,
Klettert hinab an den Felsenwänden!

Ozariel.

Die Schätze schafft vor aus dem Steingerölle,
Die Jahrtausend' lang begrab'nen,
Um den Weltherrn, den erhab'nen,
Zu erfreu'n!

Sirius.

Dämmernde Helle
Hüpft beim flackernden Licht der Brände
Von Schlucht zu Schlucht hinab. Ohn' Ende
Ist der Abgrund. Ringe an Ringen
Seh' ich, bis sie in Nacht sich verlieren!

Ozariel.

Sieh, was auf den Schultern die Sklaven dort bringen!
Gerippe sind es von Urwelttieren;
Riesenskelette von grausenhaften
Geschöpfen, die ehedem gelebt.
Ist's nicht: weiter, immer weiter klafften
Die Schlünde nach unten?

Sirius.

              Aus jedem erhebt
Sich ein Wunder, das mit Grauen
Und mit Staunen die Augen schauen.
Was dröhnt tief unten, wie Erdstoßkrach?
Hin durch die Felsenwindungen bebt's;
Und an den Schroffen tausendfach
Neu und immer neu anhebt's
Dort zu krachen, wenn's hier verstummt.
Zerschmettert sank, zerrissen die Glieder,
Ein Schwarm von Sklaven zu Boden nieder.
Nun, nach und nach verhallend, summt
Matt und matter der Ton.
Aber mir ist, ein Stimmenchor
Halle von unten an mein Ohr.

Chor von Geistern (aus der Tiefe).

Was willst du, verwegner Erdensohn?
Sieh, durch vielgewundene Gänge
Und hochragende Hallen
Leuchten zwischen Krystallen
Bunte Tropfsteingehänge;

Wie blaſſe Monde ſchimmern
Kronen von Rubin und Smaragd
Zwiſchen Felſentrümmern
Hervor aus der dämmernden Nacht.
Wie! Daß du vor uns nicht zagſt,
Und frech hereinzubrechen
In dieſen Abgrund wagſt?
Wir werden den Frevel rächen!
Aus unſerm nächt'gen Reich,
Vermeſſener, entweich!

Ozariel.

Ihr Kobolde, was wollt ihr nur? Da ſeht!
Und nehmt, was ich euch bringe:
Der Talisman, das Amulet
Iſt es, wodurch ich die Geiſter zwinge.

Chor von Geiſtern.

Dieſes Zeichen bändigt
Unſern Widerſtand.
Da ſei euch der Schlüſſel behändigt,
Der uns und die Unſeren bannt.
Treppen euch wollen wir bauen,
Daß ihr hinunter klimmt,
Bis durch des Abgrunds Grauen
Lichtglanz euch entgegen glimmt,
Der rings mit ſeinem Schimmer
Die Felſenmauern tränkt,
Daß geblendet von dem Geflimmer
Ihr die Augen ſenkt.
Was von köſtlichen Schätzen
Rings in den Hallen prangt,
Euch den Sinn zu ergötzen,
Nehmt, ſo viel ihr verlangt!

Ozariel.

Ihr Sklaven, mit den Fackeln geht voran,

Dem Herrn der Welt, an deſſen Gnade
Eu'r Leben hängt, zu leuchten auf dem Pfade.

Sirius.

Gebrochen iſt der Geiſter Bann!
In's Unermeſſ'ne dehnen ſich die Gänge;
Hinauf — hinab, durch finſtrer Schluchten Enge
Sich winden ſie. Wie Irrlichtſchein
Umhüpft ein matter Schimmer das Geſtein,
Doch fahl nur, wie wenn düſtrer Wolken Grauen
Der Mondesfackel Glanz verhängt.

Ozariel.

Auf, Gnomen, Pfade in's Geſtein zu hauen!
Rings durch den Fels hin Gänge ſprengt!
Doch leiſe, daß kein Weh'n davon, auch leicht
Nur, hin an des Erhab'nen Wange ſtreicht!

Sirius.

Da flammt es auf, daß es mich blendet,
In langer Reihe, die nicht endet,
Gewahr' ich Edelſteine, die wie Flammen
Rot, blau und golden durch das Dunkel glühen.
Hier einzeln ſeh' ich, dort zuſammen
Gedrängt ſie allhin Strahlen ſprühen.
Sind unerſchöpflich dieſes Schachtes Minen?
Wohin das Auge blickt, entgegen ihm blinkt
Von Perlen und Saphiren und Rubinen
Ein Lichtglanz, den entzückt es trinkt.
Da liegen auf den Boden hingeſtreut
Der Urweltkön'ge halbzerbroch'ne Kronen.
Von den Geſchlechtern derer, welche heut
Verzweigt auf dieſer Erde wohnen,
Wer könnte von den goldnen Scepterſtäben,
Die dort am Boden ruhen, einen heben?

Ozariel.

Gib, daß die Schätze ſie nach oben tragen,

Den Sklaven den Befehl! Aufsteigen
Dann laß uns wieder, denn endlos verzweigen
Die Gänge sich, und wer mag sagen,
Ob wir wieder zum Ausgang je gelangen?

Sirius.

Bleib', Feigling! Fühlst du jetzt Bangen,
Der so vermessen du geprahlt?
Folg' weiter mir! Hell, heller strahlt
Hier Lichtglanz an der Gänge Wänden!
In langen Reihen — wollen sie nicht enden? —
Steh'n Marmorbilder dort.

Ozariel.

          Doch drohend hängt,
Gebieter, sieh! auf uns die Decke nieder; denke,
Wenn über uns sie nun zusammensänke?

Sirius.

Welch eine Halle, die uns nun empfängt!
Auf einem mächt'gen Sockel steht,
Sieh, eines Königs Riesenbild.
Von Herrscherstolz noch auf der Stirne schwillt
Die Ader ihm. Ihr Sklaven, geht
Mit euern Fackeln näher, so, noch näher;
So! An dem Sockel seh' ich Zeichen
Von einer Schrift, die keinen andern gleichen.
Zeig' deine Kunst, der du dich rühmst als Seher.
Lies mir die Schrift! Was ist? Du bebst!

Ozariel.

Fruchtlos ist's, Herr, daß du zu wissen strebst,
Was diese Zeichen sagen. Denn ihr Sinn
Ruht in dem Grab von Jahräonen.

Sirius.

Lies! lies! So wahr ich Herr der Erde bin,
Nicht werd' ich deines Hauptes schonen,

Wenn du — Ihr Sklaven, fällt mit eurem Schwert
Sein Haupt, wenn er nicht thut, was ich begehrt!

Ozariel.

Wohl! ich gehorche.

Sirius.

Wie er zittert, der Entsetzte!

Ozariel (liest).

„Erfahr', du, der du nicht dem Tod entfliehst,
Das Jahr, in dem du dieses Standbild siehst,
Ist deines Lebens, deines Reichs das letzte."

(**Sirius** stürzt bewußtlos zu Boden.)

Achte Scene.

Kamur und Benzur.

Benzur.

Bericht kommt auf Bericht! Hast du gehört,
Daß scharenweise sich das Volk empört?
Nur rings um diese Hauptstadt noch
Den Nacken beugt es unter's Eisenjoch.
Doch allumher schon toben aufgestanden
Von Ort zu Orte wilde Banden,
In ihrer Hand das Würgerschwert.

Kamur.

Auch schon in unsrer Nähe gährt
Es dumpf. Doch Sirius gebeut:
Nichts soll man künden ihm davon. Seit heut
Zurück er kam von seinem nächt'gen Gange,
Hinschreitet stumm er, leichenblaß
Durch den Palast, bald wieder steht er lange,
Man weiß nicht, ist's in Sorge oder Haß,
Das Auge auf den Boden hingeheftet.

Benzur.

Matt scheint zu sein er und entkräftet;
Die Diener müssen ihn beim Gange stützen,
Und doch aus seinen Augen blitzen
Seh ich das alte Feuer.

Sirius, von Dienern gestützt, tritt auf.

Sirius.

Ist es vollstreckt,
Was ich befahl? Dem falschen Seher gabt ihr
Den Tod?

Kamur.

Gebieter, keiner weckt
Ihn neu zum Leben auf!

Sirius.

Und habt ihr
Das Schloß, die Höfe kaiserlich geschmückt?

Kamur.

Sieh hin, Gebieter, ob noch etwas fehle,
Was nur die Seele und den Sinn berückt.

Sirius.

Wohl! Geht! Führt sie in diese Säle,
Die neue Weltgebieterin!

(Kamur und Benzur ab.)

Sirius.

Sie trotzte mir; allein noch schöner machte
Sie dieser Trotz, denn schon entgegen lachte
Aus ihm die Liebe mir. Fahrt hin,
Ihr Wahngebilde, die ihr gleich Vampyren
Das Lebensblut aus meinen Adern sogt!
Schon einen neuen Tag im Osten führen
Die Stunden mir herauf, und herrlich wogt
Das Leben um mich; reich und voll
Seh ich es ringsher mir entgegenschimmern.
Der Tod, dies Schreckgebilde, soll
Als Sklave mir zu Füßen wimmern!
Da naht sie! Laßt mit holdem Gruß
Der Mädchen Chorlied sie empfangen,
Indeß, gebeugt zum Staube, Sirius
Aufschaut zum Glanze ihrer Wangen.

Muſik und Geſang. **Benzur** und **Namur** führen **Azila** herein.

Sirius.

Azila, ja, aus deinem jungen
Holdſel'gen Antlitz ſtrahlt es mir entgegen:
Die Liebe hat in dir den Trotz bezwungen.
Laß denn dein Herz, in hohen Schlägen
An meines klopfend, mir verkünden,
Daß mein du biſt, und immer höher laß
Des einen Glut am andern ſich entzünden!

Azila.

Herr, nur von neuem kann ich ſagen, was
Du ſchon vernommen. Zugeſchworen
Hat einem Anderen mein Herz den Eid,
Den du von mir begehrſt.

Sirius.

Entweiht
Durch einen, der als niebrer Sklav' geboren,
Weib, ſoll der hohe Tempel werden,
Den ich in meinem Herzen dir gebaut?
Nein! nie geſchehe das, geliebte Braut!
Aufleuchten ſoll von tauſend Opferherden
Der Brand bei unſerm Hochzeitsfeſt.
Sieh! ſchön'res als ſich ahnen läßt,
Hier dir zu Füßen breit' ich hin:
Den Schatz, den ich dem Abgrund abgerungen!
Wohin noch keines Menſchen Fuß gedrungen
Seit frühen Urwelttagen, bin
Ich deinethalb hinabgeſtiegen.
Hier, ſieh ſie dir zu Füßen liegen
Die Schätze, die vor grauen Zeiten,
Von lang verſunk'ner Sonnen Glanz getränkt,
Der Urwelt Kön'ge ihren Bräuten
Zu ihrem Hochzeitsfeſt geſchenkt.

Azila.

Fort die Geſchenke! Nicht darf ich ſie ſchauen;
Ihr Anblick ſchon erweckt mir Grauen.

Sirius.

Erhöhen über alle Staubgeborne
Will ich dich, meines Herzens Auserkorne.
Sieh fern im Osten dort den Riesenbau!
Auf seinen hängenden Terrassen
Laß weilen uns im reinen Aetherblau,
Indessen unter uns im blassen
Zwielicht die niedre Welt versinkt,
Und jeder von des andern Munde
Unsterblichkeit der Liebe trinkt.

Azila.

Genug, Gebieter, nun! Du weißt,
Mit einem andern bin in festem Bunde
Vereint ich, welchen keine Macht zerreißt.

Sirius.

Du meinst? Nun denn, wir werden schauen!
Erhöht vor allen Erdenfrauen,
Selbst göttlich du, wie dein Gemahl,
In seiner Schlösser schönstem Saal
Kannst du an seiner Seite thronen.
Doch will dein Herz, zu Eis erstarrt,
Mit Haß mir meine Liebe lohnen,
So zittre vor dem Los, das deiner harrt!

Azila.

Nicht flehen will ich um Erbarmen.
Führ' mich hinab in Kerkernacht sogleich!
Doch zwingst du mich, dich zu umarmen,
Schaudern wirst du, erstarrt und bleich
Wirst du mich sehen und im Totenreich
Die Hochzeit feiern.

Sirius.

Auszureißen

Vermag ich nicht die Liebe aus der Brust. Dahin,
Je mehr ich ringe, flammt mit doppeltheißen

Gluthauchen sie durch Seele mir und Sinn.
In eines festen Schlosses Bann,
Daraus kein Sterblicher entfliehen kann,
Sollst wohnen du. Ringshin umstarrt
Ist es von Klippen, wildzerrissen.
Was du von Glück erträumen mögest, harrt
Dort deiner, nur die Freiheit mußt du missen.
Ein Heer von Dienerinnen wird
Dich auf den Knieen demutsvoll bedienen
Und jeden Wunsch vollzieh'n, den in den Mienen
Sie nur dir lesen, während rings der Mandolinen,
Der Lauten Ton die Luft durchschwirrt.
In jenes festen Schlosses Säle
Zu führen dich geb' ich sofort Befehle.
Dort, wenn des nächsten Vollmonds Strahlen blinken,
Werd' ich mit dir den Kelch der Wonne trinken.

(Auf den Wink des Sirius wird Azila abgeführt.)

Neunte Scene.

Unterirdische Höhle.

Samasias, Mirad und viele **Verschworene.**

Samasias.

Schon immer näher rückt der Tag,
Den für den Aufruhr wir bestimmt. Bei Zeiten
Laßt uns alles vorbereiten.
Doch wo Antares nur bleiben mag?

Mirad.

Zu rasten nicht, noch zu ruh'n vermocht' er.
Seit Sirius geraubt des Noah Tochter,
Wild wird vom Abend, bis es tagt,
Von früh bis spät er umher gejagt.

Samasias.

Er ist ein Narr. Was liegt an dem Weib?
Da einmal verliebt er ist, wohl können
Für müßige Stunden den Zeitvertreib
Allenfalls wir dem Thoren gönnen.
Doch jetzt, was denkt er an solcherlei!
Ob fern er oder ob hier er sei,
Was liegt daran? Ja, mir scheint's,
Sein Fehlen und Kommen macht uns nicht ärmer
Und nicht reicher. Gut wohl meint's
Antares, aber er ist ein Schwärmer,
Und hemmt uns nur in unsern Beschlüssen.
Soll nochmals ich's sagen? Alle müssen,

Die nicht zu unserm Bunde schwören,
Sie sterben. Doch er, zu bethören
Sucht er euch durch falschen Rat.
Den will er und jenen leben lassen!
Nun, wenn ihr Gehör dem blassen
Mitleid schenkt, ein Ende hat
All unser Werk. All unsern Eiden
Zum Trotz die Schwerter steckt in die Scheiden!

Mirad.

Nicht denk' ich wie du! Was denn bluten
Sollen mit den Bösen die Guten?

Samasias.

Sagt' ich's nicht oft schon? Keiner ist gut,
Der zu unserem Bunde nicht hält.
Haben wir Boten allhin durch die Welt
Nicht gesandt, daß wider die arge Brut
Den Grimm sie schürten? Nun, büßen muß,
Wer noch nicht sich aufgerafft zum Entschluß.

Einer der Verschworenen.

Ja, hast Recht! Nicht Schonung länger!
Alle müssen sie sterben, die Dränger.

Mirad.

Nein, nicht so! Antares hat Recht!
Was? Der Lebenden ganzes Geschlecht
Außer uns wollt ihr erwürgen!

Einer der Verschworenen.

Tritte, Stimmen! Aus den Gebirgen
Kommt Antares.

Ein Anderer.

Er ist's; er ist es!

Antares (mit einer Schar von Kriegern).

Freunde, Brüder! gekommen, wißt es,
Ist der Tag. Nicht mehr gestundet
Sei das Geschick, das seiner harrt,
Dem Sirius! Da, wo klippenumstarrt —
So hab' ich durch meine Späher erkundet —
Das Schloß ragt, hält er Azila gefangen,
Und ist selbst bei ihr, die er hart bedrängt.
Dort weilt er seit gestern. Folgt und sprengt
Mit mir ihren Kerker!

Samasias.

Ja, und in langen
Martern sterbe der Tyrann!

Antares.

Mit ihm ist von der Erde der Fluch
Genommen; sein Tod sei uns genug!

Samasias.

Nicht so! Laßt seinen Mord uns dann
Mit dem Mord all derer krönen,
Die durch ihr Atmen den Himmel höhnen!
Keiner derer soll entrinnen,
Die uns sich nicht einen zum großen Beginnen.

Antares.

Das Haupt der Schuldigen wollen wir fällen,
Doch kein andres, Samasias!
Willst du dich unserm Plan gesellen,
Von deiner wüsten Mordwut laß.

Samasias.

Auch ohne dich versteh' ich zu handeln.
Wer steht zu mir?

Eine Anzahl von Verschworenen.

Wir! Rache, Rache
An Sirius!

(Sie scharen sich um Samasias.)

Antares.

In eine Lache
Von Blut wollt ihr die Welt verwandeln?

Andere Verschworene (sich um **Antares** scharend.)

Wir steh'n zu dir, Antares!

Samasias.

Nicht hemmen
Sollt ihr in meinem Werk mich, Memmen?
Dringt auf sie ein, wer zu mir hält!

Antares.

Wozu hier noch mit Worten habern?
Auf! meine Getreuen, in deren Adern
Der Zorn das Blut, wie in den meinen, schwellt,
Schmettert sie nieder!

Samasias.

Unserem Grimm
Nicht sollt ihr entgehen!

(Es entspinnt sich ein Kampf.)

Antares.

Zur Antwort nimm
Du das, und wohl dir bekomm's!

Samasias.

Verdammt!
Sein Schwert, das hoch in den Lüften flammt,
Traf mich wie vom Himmel ein Wetterstrahl!

(Er sinkt zu Boden und stirbt.)

Mirad.

Der versucht's nicht zum zweiten Mal!

Antares.

Nun denn, da Samasias gefallen,
Und seiner Rädelsführer die meisten,
Wollt ihr andern uns Folge leisten?
Vergessen sei euer Trotz euch allen!
Wo nicht, so laß ich in Ketten euch schmieden.

Die Verschworenen von des Samasias Partei.

Schon' uns, Antares, Frieden, Frieden!

Antares.

Wohlan denn, zu des Schlosses Sturm
Folgt mir nach mit Schwertern und Lanzen;
Und laßt hoch auf den steilsten Turm
Uns das Haupt des Sirius pflanzen!

Zehnte Scene.

Platz vor dem Zelte des Noah.

Noah, Sem, Ham.

Noah.

Jehova, mehr mit Gram gebeugt
Noch haft mein Haupt du, als mit Jahren,
Da deren zwei, die ich gezeugt,
Die lieb vor allen meinem Herzen waren,
Geraubt mir, ach, geraubt auf immer find.
So soll ich elend in die Grube fahren?
Azila, vielgeliebtes Kind,
Wärft lieber du in eines Tigers Krallen,
Statt in des Wüt'richs Hand gefallen.
Und du, mein Jüngstgeborner, seit der frühsten
Kindheit mein Liebling! Ruhlos irrt
Mein Herz dir nach durch weite Wüften,
Die nun dein Fuß durchschweift. Ach, wird
Mein Auge, ohne nochmals dich zu schauen,
Im Tode brechen, teurer Knabe,
Und selbst herab zu meinem Grabe
Soll keine Thräne deines Auges thauen?

Sem.

O Vater! raff dich auf aus solchem Leide!
Der Bruder und die Schwester kehren beide
Alsbald zurück.

Ham.

O, daß durch Scherz und Spiel
Wir dich erheitern könnten! Bruder, viel
Weißt der Geschichten du und alten Mären
Von Feen und vergrab'nen Schätzen.
Erzähl'! Den Vater wird's ergötzen.

Noah.

Laß Japhet, laß Azila wiederkehren,
Mein Sohn!

Sem.

Sie kommen wieder, glaub'!
Vorzeichen haben es uns kundgethan.
So Ham, wie ich, wir beide sah'n
Vom Hügel droben, wie sich Staub
Grad auf zum Himmel hob, ich weiß,
Das ist ein gutes Zeichen.

Noah.

Sei's!
Und mög' es der Geliebten Rückkehr künden!
Bringt Scheite her, daß wir ein Opfer zünden,
Und vor Jehova betend niederknien.

Sem und Ham.

Was sagten wir? Er kommt, wir sehen ihn!

Japhet (hereineilend).

O Vater, Vater!

Noah.

Herr, hab' Dank!
Wenn du im Becher mir den Schmerzenstrank
Gereicht, so war es nur, daß um so höher
Die Freude nun, der Jubel überschäume.

Ham.

Mein Bruder preise uns als Seher!

Gesichte haben, wunderſame Träume,
Uns längſt bein Kommen prophezeit.

Japhet.

Ihr Teuern, laßt die alte Zeit,
Die ſchöne, wiederkehren jetzt!
O, hätt' ich jenſeits dieſes trauten Thals
Doch nie den Fuß, den ſtrauchelnden, geſetzt!

Sem.

Nun Abends, ſo wie ehemals,
Laß um den Vater uns im Kreiſe ſitzen
Und für die Jagd die Pfeile ſchnitzen.

Ham.

Und lauſchen ſeiner Weisheit Lehren!

Japhet.

Und ſie auch, wie ich wiederkehre,
Die Schweſtern grüßen mich, die teuern.

(Barida, Mona und die jüngſte Tochter Noah's treten auf.)

Barida und Mona.

O Bruder, Bruder!

Japhet.

Ganz und voll,
Ihr Lieben, nennt mich wieder nun den Euern!
Nichts mehr nun, Vater, Brüder, Schweſtern, ſoll
Von euch mich trennen! Doch Azila, ſagt,
Wo iſt ſie?

Noah.

Sohn! Fruchtlos ringen
Will aus dem Herzen mir, das um ſie klagt,
Die Antwort ſich. Empor zu bringen
Vermag ſie zu den Lippen nicht.

Sem.

Geſchnaube
Von Roſſen hör' ich und den Fall

Von Hufen, näher bringt der Schall.
Voran sprengt, dicht umhüllt vom Wirbelstaube,
Antares!

Noah.

Sehen den Verwegnen
Nicht will ich.

Ham.

Sieh näher hin! O Glück!
Die Stunde, Vater, wirst du segnen:
Antares bringt Azila uns zurück.

(**Antares, Azila, Mirad** und eine Schar von Begleitern treten auf.)

Noah (Azila umarmend.)

Hab' ich dich wieder, Tochter!

Azila.

Lange, lang
Hab' ich mich, o mein Vater, bang
Nach dir gesehnt. Wenn du mich wiedersiehst,
So dank es diesem!

Japhet (zu Antares).

Sei gegrüßt,
Freund meiner Seele!

Noah.

Laßt mich geh'n,
Nicht darf ich den Verworfnen seh'n.

Antares.

Dich anzuflehen komm' ich, deinen Segen
Auf meins und der Geliebten Haupt zu legen,
Und grausam stößt zurück mich deine Hand?

Azila.

Ja! auch mein Flehen hör'! Wie? Abgewandt
Hast du dein Antlitz?

Noah.

Von dem Feind
Jehova's laß, Azila!

Azila.

Wie? Von ihm, mein Vater?
Nie, nie! Zu heil'gem Bunde hat er
Auf ewig sich mit mir vereint.

Noah.

Nicht fluchen will ich dir, ja, nicht dich schelten,
Doch nicht des Bleibens unter diesen Zelten
Ist ferner dir!

(Noah ab.)

Antares.

Azila, Vielgeliebte,
So komm'! An einen sichern Zufluchtsort
Will ich dich bringen.

Japhet.

Mich betrübte,
Glaub mir, wie dich, des Vaters Wort.
Allein bald wird es uns gelingen,
Ihn zu besänftigen, und Kunde bringen
Wir dir davon.

Antares.

Es lasten Sorgen viel
Mir auf dem Haupt. Nicht auf dem Schloß gefunden
Hab' ich den Sirius, den dort falsche Kunden
Mich glauben ließen; näher sonst dem Ziel
Schon wären wir. Auf dich zählt unser Bund,
Freund Japhet. Bald geheim thu' ich dir kund
Durch einen Boten, wo zur Nachtzeit wir
Uns treffen wollen.

Japhet.

Offen sag' ich's dir,
Antares, von dem Bunde losgesagt
Mich hab' ich, eh' ich noch zu ihm geschworen.
Für später das! Vor fremden Ohren
Davon zu reden ist gewagt.
Azila, komm'! Du aber gönne,
Daß bis zur Höhe dort ich dich geleiten könne,
Ihr Alle kommt!

(**Alle ab außer Mirab.**)

Mirab (allein).

Mein, mein muß ich sie nennen,
In sel'gem Taumel an die Brust ihr sinken,
Und ihr vom Mund den süßen Odem trinken,
Indes auf ihren Lippen meine Küsse brennen.
Entschieden in des Schicksals Schoß
Ist dein und des Antares Los,
Azila! Gleich des Himmels Blitz durchzückte
Mich deines Auges Strahl! Und glaub':
Ist heut' Antares der Beglückte,
Gestürzt liegt morgen er im Staub!

Elfte Scene.

Halle im Palast des Sirius.

Sirius, Benzur, Kamur.

Sirius.

Entflohen soll sie sein? Sagt eher mir,
Den Drachen, die sie hüteten, entfloh'n
Sei die Gazelle!

Benzur.

Wahr, Gebieter, doch
Ist es; erschlagen fand man ihre Wächter
Und leer das Schloß. Uns miß die Schuld nicht bei;
Selbst daß Azila nicht mehr im Palast
Hier sei, nicht wußten wir's.

Sirius.

Allein ich schwör's,
Daß in dem Schloß des nächsten Morgens Strahl
Sie wieder schau'n soll.

(Benzur ab.)

Kamur.

Ernste Botschaft bringt,
Herr, jede Stunde. Als ob mit dem Erdstoß
Sich der Orkan verbunden hätte, zittert
Bis auf den Grund dein Reich. Der Aufruhr rast
Von Pol zu Pol, und, wenn erstickt er scheint,
Neu stets sich selbst gebiert er aus sich selbst. .

Sind der Empörer Hunderttausende
Zu Boden hingestreckt, gedoppelt, dreifach
Erstehen sie.

Sirius.

Hat denn ein Hauch des Sturmes,
Von dem du fabelst, eine Locke nur
Auf meiner Stirn bewegt?

Kamur.

Herr, dir zu Füßen
Noch schmiegt die Hauptstadt sich; doch regungslos
Liegt oft das Meer, bevor der Wirbelsturm
Es zu den Sternen aufpeitscht.

Sirius.

Und so liegt,
Bei eben jenen Sternen schwör' ich's,
Die Welt bald wieder stumm zu Füßen mir.

(**Benzur** kehrt zurück.)

Benzur.

Ein Fremdling, Herr, will wicht'ge Dinge dir,
An denen deines Reiches Wohlfahrt hängt,
Zu künden haben. Mißtraun wider Jeden
Ist heut' am Platz. Allein umringt
Von einer Schar, die mit gezückten Dolchen
Auf seiner Regungen jedwede späht,
Geleiten laß ich ihn zu dir.

Sirius.

Er komme!

(**Mirad** von einer Schar Bewaffneter umgeben wird hereingeführt.)

Mirad.

Erhabener, zum Pfand setz' ich mein Haupt,
Daß wahr ist, was ich künde. Drohend steigt,
Mit Untergang für dich und für dein Reich

Beladen, an des nächsten Morgens Saum
Ein Wetter auf. Daß es sich nicht entlade,
Hast du die Macht. Ein Jüngling ist, verwegen
Und tollkühn, wie kein Anderer, Antares.
Auf Bergen bald, und bald in Höhlen, die
Noch tiefer sich im Schoß der Erde bergen,
Als jene hoch bis zu den Wolken steigen,
Mit einer Schar von Anderen, verwegen
Gleich ihm, hat Alles er zu deinem Sturz
Bereitet. Alles niederwälzend wird
Der Aufruhr rasen, wenn ein mächt'ger Schlag
Ihn nicht zu Boden wettert.

Sirius.

       Märchen, scheint's,
Berichtest du!

Mirad.

    Vertrau' mir eine Kriegsschar,
Gebieter, an, so führ' ich den Verweg'nen
Vor's Antlitz dir.

Sirius.

     Es sei! Und furchtbar falle
Auf ihn und die Vermess'nen meine Rache,
Die sich ihm zugesellt. Genug! Führt her
Den goldnen Wagen mit dem Achtgespann
Von weißen Rossen! Eine Rundfahrt will
Ich machen durch die Stadt, und schon beim Hauch
Aus meiner Rosse Nüstern wird sich stumm,
Wo ich mich nahe, das entsetzte Volk
Verhalt'nen Atems auf den Boden werfen.

Zwölfte Scene.

Am Eingang einer Höhle.

Antares und Azila.

Antares.

Den Himmel laß uns preisen, der uns hier,
Wohin das Bergreh selbst sich kaum verirrt,
Die weltentlegne Grotte finden ließ.
Nur Japhet weiß von unsrer Zufluchtsstätte.
Geläng' es andern je hierher zu bringen,
Schutz böten meiner Treuen Schwerter uns.

Azila.

Geliebter, hier in sel'ger Einsamkeit
Laß weilen uns, und jede Frühe tränke
Mit ihrem reinsten Odem uns, indes
Wir einer an des andern Lippenpaar
Unsterblichkeit der Liebe saugen.

Antares.

Schwer
Wird's mir, aus deinem Arm mich los zu ringen;
Allein mich ruft das große Werk. Zu dir
Kehr' ich zurück, wenn ich's vollbracht, und führe
Dich wieder heim auf die verjüngte Erde.

Azila.

Antares, bis du kehrst, wie Totenfackeln
Mit mattem Scheine werden Mond und Sonne
Mir leuchten.

Echad, Sirius.   6

Antares.

Japhet, sieh! dein Bruder naht
Sich dort; von Noah wird er Kunde bringen.

Azila.

Ach, daß er als Versöhnungsbote käme!

(**Japhet** eilt herein.)

Antares.

Heil dir! Daß deine alte Freundschaft nicht
Erlosch, bürgt mir dein Kommen, Japhet!

Japhet.

Schwester,
Und du, Antares, sorgenschwer die Brust,
Komm' ich zu euch. Starr, wie ich flehen mochte,
Blieb Noah, und, bewegt von seinen Worten,
Euch beiden nah' ich nun. Laßt ab von dem,
Was mir auch Frevel dünkt! Einst dir, Antares,
Wohl dacht ich zu des Sirius Sturze mich
Und seiner Helfershelfer zu gesellen;
Allein mit Mord nicht, und ich weiß, du sinnst
Darauf, geschändet sei das hohe Werk.
Greif nicht Jehova vor!

Antares.

Jehova sagst du?
Wer ist er? wo? Ein leerer Hauch, ein Schall
Im Wind verwehend.

Japhet.

Vom Höchsten, von dem Einen,
Deß Herrlichkeit die Erde und den Himmel
Erfüllt, sprichst so du?

Antares.

Wenn er ist, warum birgt er
Sein Haupt? Auch ich einst glaubte, daß er wäre.

Am Meer, wenn an den Klippen seine Flut
Sich schäumend brach, rief ich: Wo bist du? Doch
Des Wogendonners hohler Widerhall
Nur gab mir Antwort. Hoch vom Bergesgipfel
Späht' ich nach ihm, doch die Unendlichkeit
Des Raumes allhin ausgebreitet nur,
Die Nebelbilder nur vom Wind getrieben,
Von ihm selbst einen Schatten sah ich nicht.

Japhet.

Im Raume ist er nicht.   In deinem Herzen
Such' ihn, in deiner Seele, und er wird
In seiner Glorie sich dir offenbaren!
In aller Himmel Herrlichkeit thront Er,
Der Eine, Unsichtbare, nicht so hehr
Wie in des Menschen Brust.

Antares.

Und warum läßt
Er denn in wüstem Taumel auf der Erde
In Jammer und in Elend irren uns?
Warum hat er zum Spielball von Tyrannen
Die Welt gemacht? Und meinst du, weil er wolle,
Daß ewig dieses Elend währe, straf er's
An uns, wenn wir das Joch zerbrechen wollen?
Der Bosheit oder Ohnmacht, wenn du's meinst,
Ihn selber zeih'st du.

Japhet.

Lästerung ist das!
Verirrte Schwester, laß von ihm!

Azila.

Ihn lassen
Sollt' ich? Reiß doch die Ranke von dem Baum,
Den sie umklammert hält! Sie welkt und stirbt.
Nicht weiß ich, ob Jehova ist, allein

Was gält' er mir mit allen seinen Himmeln,
Wenn ich für ihn Antares lassen sollte?

Japhet.

Unglückliche, verlassen muß ich dich
Wie ihn. Auf andre Pfade ruft
Als euch die inn're Stimme mich. Lebt wohl!

(**Japhet** ab.)

Azila.

Nur dich, nur dich, Antares, Vater, Brüder
Nicht hab' ich, und Jehova, wenn er ist,
Verstößt mich von dem Thron der Gnade. Du
Auch gehst jetzt, und in der Unendlichkeit
Steh' ich allein, allein. Doch dieser Hauch
Von deinem Munde, dieser letzte Blick
Aus deinem Auge gibt mir Kraft; und wär'
Der Jammer ewig, den ich tragen müßte,
Zusammen bräch' ich nicht.

Antares.

Getrost, Azila!
Mich ruft's hinweg; allein so sicher, wie
Das Morgenrot der Sonne Steigen kündet,
Als Herold des errungnen Sieges bald
In deinen Arm kehr' ich zurück. Leb wohl!

(**Antares** ab.)

Dreizehnte Scene.

Großer Platz in der Hauptstadt des Sirius; es ist Nacht;
Kampfgetümmel.

Anhänger des Sirius 1.

Sieh! wie nach rechts und links vor meinem Schwert
Sie niedertaumeln in die rote Lache.

Anhänger des Sirius 2.

Das Würgen hat die ganze Nacht gewährt,
Müd' ist mein Arm.

Anhänger des Sirius 3.

Das hundertfache
That ich von euch und doch noch Lust und Stärke
Fühl' ich zum weitern Mörderwerke.

Anhänger des Antares 1.

Da, Schurke, nimm den Stoß! Mit letzter Kraft
Hab' ich zu ihm mich aufgerafft.
Haha! wie er im Sterbekrampf sich krümmt!
Ich will im Blute, drin er schwimmt,
— Das ist mein Labsal — mir das Antlitz netzen.

Anhänger des Antares 2.

Der Dampf all' derer, die erwürgt
Ringsum den Boden decken, birgt
Die Aussicht mir, sonst würd' Ergötzen
Ich an dem Metzeln haben,

Man kann die Toten alle nicht begraben,
Die ich allein dahingestreckt.

Anhänger des Antares 3.

Von einer ganzen Straße leckt
Die Flammenglut zum Himmel, sieh!
Beim weitern Schlachtwerk leuchten kann dir die.

Antares.

Vorwärts, ihr Freunde! Meine Klinge flammt
Vor euch in dieser Nacht der Nächte
Zum Siege über die Tyrannenknechte!
Zum Staub mit ihnen allesammt!
Den schmettre hin das Schleuderbeil,
Den mag die Lanze niederstechen;
Und, ich voran, laßt uns im Keil
Hin durch der Feinde Reihen brechen!

Anhänger des Sirius 1.

Furchtbar sind die!

Mirad (auftretend).

Auf diesen da, ihr Alle,
Stürzt euch mit eurer vollen Wucht!
Er gilt für viele. Schurke, falle
Von meiner Hand!

Antares.

Der du verrucht
Verrat an mir geübt, in meiner Faust
Halt ich den Tod für dich gezückt.
Wenn dies mein Schwert nur in den Lüften saust,
Entseelt, noch eh dein Auge es erblickt,
Sinkst du zu Boden.

(Er durchbohrt Mirad.)

Mirad.

Faßt ihn,
Der Feinde schlimmster ist er! Sirius haßt ihn

Wie keinen Andern! Aber lebend laßt ihn
In unsre Hände fallen! Sterben soll
Durch den Gewaltigen er martervoll.
Könnt' ich mich nur an solchem Anblick laben!
Allein vor meinen Augen dunkel wird's.

(Er ſtirbt.)

Anhänger des Sirius 2.

Was ſauſt heran? Von vielen Pfeilen ſchwirrt's
Um mich. In neuen Scharen haben
Die Unſern ſich herangewälzt.

Anhänger des Sirius 3.

Horch! Rollen

Von Rädern! Im Geſauſe ihrer Speichen
Tönt es Triumph und die Empörer weichen!

Anhänger des Sirius 4.

Hoch, Sirius! er iſt es! Und geſpannt
Hat er den Sieg vor ſeinen Wagen!

Mehrere Anhänger des Antares.

Huld'gen wollen

Auch wir ihm. Fruchtlos iſt der Widerſtand.
Die Falten ſeht auf ſeiner Stirn, die düſtern;
Vor denen bebt, wer noch ſo kühn!
Hört ſeiner Roſſe Schnauben, die aus ihren Nüſtern
Tod hin nach allen Seiten ſprüh'n.

(Sirius, in einem von acht Roſſen gezogenen Wagen erſcheint.)

Ein Anhänger des Sirius.

Wer regt ſich? Atemloſe Stille
Soll feiern des Gebieters Sieg;
So iſt es des Erhabnen Wille.
Sobald er in den Schlachtenwagen ſtieg,
Lag unterworfen ihm die Welt zu Füßen.

(**Anhänger des Sirius** bringen **Antares** gefesselt.)

Anhänger des Sirius.

Doch daß wir dich als Sieger grüßen
Wirst du gestatten.   In siebenfachen Banden
Sieh hier den Führer derer, die dir widerstanden.

Sirius.

Verwegener, der du nicht wert,
Im Staub zu ruhen meiner Füße,
Wohlthat bir wär's, wenn durch das Schwert
Des Henkers ich dich richten ließe.
Doch daß dir solche Wohlthat werde,
Knie vor mich hin, dein Haupt gebeugt zur Erde;
Sonst nimmt des Kerkers dunkelstes Verließ
Dich auf, in das ich Frevler je verstieß.
Und erst, wenn der Entschluß in mir gereift,
Welch Los ich über dich verhängen soll,
Durch Martern fürchterlich, entsetzensvoll,
Wie keine je, wirst du zum Tod geschleift.

Antares.

Thun magst du mit mir, was du willst,
Auf daß du deinen Durst nach Rache stillst.
Ich werde nicht dein Mitleid suchen,
Und noch mit letztem Atemzug dir fluchen.

(**Antares** wird abgeführt.)

Sirius.

Zum Tode mit der ganzen Rotte!
Die Henker sollen von der Arbeit stöhnen,
Und unter ihnen ächzen die Schafotte!

(Eine Schar von **Anhängern** des **Antares** wirft sich **Sirius**
zu Füßen.)

Anhänger des Antares.

Laß, Weltgebieter, dich versöhnen!
Fortan sind wir die treusten deiner Knechte.

Sirius.

Wollt ihr mich, Schändliche, verhöhnen?
Glaubt ihr, daß euer Wimmern in mir Mitleid weckt?
Die Viper, welche meine Füße leckt,
Um mich zu stechen, würd' ich eher schonen
Als euch!

(Zu seinem Gefolge.)

Wenn einer wagt
Sich zu erheben, treibt zurück ihn mit Skorpionen!
Dann über sie dahin, ihr Rosse, jagt,
Und hoch, indes die Räder sie zermalmen,
Soll ihres Blutes Rauch zum Himmel qualmen.

(Er rollt auf seinem Wagen über die Knieenden hin.)

Vierzehnte Scene.

Großer Platz vor dem Palast des Sirius. Hinten ist eine Henkerbühne errichtet.

Sirius, Kamur, Benzur.

Sirius.
Habt ihr gethan, wie ich gebot?

Kamur.
So weit die Erde reicht, auf allen Wegen,
Aus allen Städten starrt der bleiche Tod
Entsetzensvoll dem Wanderer entgegen.
Der Scheiterhaufen Glut flammt rot
Zum Himmel auf, und von der Henker Hammerschlägen,
Von der Gekreuzigten Geächze,
Wie von der Opfer dumpfem Stöhnen
Ist übersatt die Luft.

Sirius.
　　　　　Ich lechze
Nach weitern Morden, um mein Werk zu krönen.

Benzur.
Der Freche, welchen sie Antares heißen,
Herr, ist der erste in der Opfer Reihen.

Sirius.
Der Lässigkeit muß ich euch zeihen.
Was ließt ihr nicht von Tigern ihn zerreißen,

Warum nicht längst sein Auge blenden,
Und qualvoll ihn zuletzt in Flammen enden?

Kamur.

Gebieter, welche Marter du ersinnst,
Sie wird nur höher seinen Mut entfachen,
Er wird dabei in's Angesicht dir lachen,
Als sei der Tod ein Hirngespinst.

Sirius.

Nun, führt den Tollkopf her, den Frechen,
Laßt seh'n, ob wir den Trotz ihm brechen!

(**Antares**, mit Ketten belastet, wird vorgeführt.)

Sirius.

Verweg'ner, sieh dort das Schafott erbaut,
Von dem dein Haupt zu Boden rollen soll!
Bebst beim Gedanken du nicht schreckenvoll,
Daß die Vernichtung dich als Braut
Umschlingen wird auf diesem grausen Hochzeitsbette?

Antares.

Vollzieh'n laß dein Gebot; die Macht hast du!

Sirius.

Ich weiß ein Mittel, das dich rette;
Was ich von dir verlange, thu!
Dem Weib, Azila, welche Trotz mir beut,
— Ich weiß, an dich gebunden ist ihr Leben —
Gebiete, mir sich hinzugeben,
Und, Jüngling, frei bist du noch heut!
Nun zauderst du? Soll ich dir's zweimal sagen?

Antares.

Tyrann! Die Glieder alle brich mir,
Zerfoltre mich, ich will's ertragen;
Allein nicht solche Worte sprich mir!

Sirius.

Ihr Henker, auf! Die Eisenpfähle schärft,
Und auf die Lagerstatt der Schrecken,
Die jedes Glied zerreißt, den Frevler werft!
Indeß er sterbend ächzt, mit Purpurdecken
Schmückt mir den Pfühl; dann her Azila bringt,
— Mein halbes Reich biet ich zum Lohne
Dem, der herbeiführt die Entfloh'ne —
Verschmäh'n nicht wird sie, wenn er mit dem Tode ringt,
Bei mir zu ruh'n.

Azila (hinter der Scene).

Antares, mein Antares!

Antares.

Scholl dieser Ruf vom Himmel her?
Nein, nur ein Schall in Lüften war es!
Verklungen ist selbst hohl und leer
Der Widerhall.

Azila (auftretend).

Antares, Einz'ger, Teurer!

Antares.

Azila! — — — Wie ihr Mund mich nennt,
Ihr Kuß auf meinen Lippen brennt,
All ihr Tyrannen, spott' ich eurer!

Azila (Antares umarmend).

Mein, wieder mein!
Doch weh, wenn deine Arme mich umschlingen,
Dringt von den scharfen Eisenringen
Der Schnitt bis tief dir auf die Knochen ein.
Ihr Henker, seid barmherzig! Bringt
Mehr Ketten noch, und schmiedet mit dem Hammer
Um alle Glieder mir die Klammer,
Die fest mich an Antares schlingt.
Mit ihm dann auf dem Marterbett zu liegen,

An seine Seite mich zu schmiegen,
Nicht höh'res Glück will ich begehren.

Antares.

Azila, nur Sekunden währen
Wird dieses Leiden; abgeschüttelt dann
Ist unser Joch, und der Tyrann
Wird in ohnmächt'ger Wut ersticken.

Sirius.

Reißt auseinander sie! Das Weib führt her,
Daß meine Arme glühend sie umstricken!
Und ihren Buhlen — schwer
Wie keinen treffe ihn mein Haß!

Noah (auftretend).

Verlorne Tochter, von dem Frevler laß!
In des Jehova Namen heiß' ich
Dir das.

Azila.

Nicht von Jehova weiß ich.

Noah.

Mag dich der Ewige nicht hören!
Doch einmal noch laß dich beschwören!

Sirius.

Was säumt ihr, Sklaven? Treibt ihr Spott
Mit mir? Ergreift den alten Thoren!

Noah.

Macht, Sirius, leiht mir der höchste Gott,
Den ich mir beizusteh'n beschworen.

(**Sirius** und die **Seinen** stehen wie gebannt.)

In seinem Namen sei gebannt!
Und ihr! Nicht einer lege seine Hand
An mich, noch meine Tochter! Starr, gelähmt
Steh'n Alle. Du vernimm,

Mein Kind, um das ich mich so viel gegrämt:
Schon schwebt des Ew'gen Grimm
Ob deinem Haupte. Halt' dich fern
Von diesem Frevler, der den Zorn des Herrn
Auf sich geladen, und sein Gnadenborn
Wird wieder sich für dich erschließen.
Wo nicht, dich lassen muß ich seinem Zorn.

Azila.

O Vater, hab' ich Schuld, sie büßen
Will ich mit dem Geliebten!

Antares.

        Dich zu mahnen,
Daß du dich rettest, wie vermöcht' ich's, Teure!
Schimpf wär's für dich!

Azila.

        So laß das Ungeheure
Uns tragen, Freund! Ein sel'ges Ahnen
Sagt mir, der Tod, wenn wir vereint ihn leiden,
Ist süß. Nichts mehr wird dann von dir mich scheiden.

Noah.

Kannst du das Herz des Vaters so zerreißen?
Thun muß ich, wie Jehova mir geheißen.

Antares.

Stumm ist ihr Mund. Ihr Herz in hohen Schlägen
Nur spricht, indem es an das meine pocht,
Und jauchzt mit mir dem großen Tag entgegen,
Wo kein Tyrann, wie Sirius, uns unterjocht.

Noah.

Noch einmal, Tochter, laß den Gottverhaßten,
Auf dem des Himmels Flüche lasten,
Und mit dem meinen seinen reichsten Segen
Wird auf dein Haupt Jehova legen.

Sein sollst an meiner niedern Hütte Herd,
Azila, du die liebliche Gazelle,
Die mit des Auges klarer Helle
Des Lebens späten Abend mir verklärt,
Und stets zu deinem Dienst gegürtet sollen
Sich dir mein Sem, mein Ham, mein Japhet weihen,
Damit, wenn deinen Blicken kaum entquollen,
Erfüllt schon alle deine Wünsche seien!

Azila.

Bei deinen Worten zittert meine Seele.
Allein vergib, erhab'ner Greis,
Ich folge einem höheren Befehle.

Noah.

Herr, Schweres legst du mir auf's Haupt. So sei's!
Zu sänft'gen deinen Zorn hab' ich gesucht. —
Umsonst, Jehova! All mein Wesen wanken
Noch fühl ich unter deines schweren Werkes Wucht,
Und dennoch knie ich nieder, dir zu danken.
Du heischtest viel — Es ist vollbracht —
Von diesen nimm den Bann und deinen Willen
Laß sich in ihrem Untergang erfüllen.
Dein ist die Macht.

(**Antares** und **Azila** knieen an dem Schafott nieder und neigen ihr
Haupt dem Henkerbeil.)

Fünfzehnte Scene.

Altar vor dem Zelte Noah's

Noah.

Jehova, du hast mich gerufen;
Das Haupt auf den Boden gedrückt
Hinknie' ich vor deines Altares Stufen.

Die Stimme Jehova's.

Hoch in den Lüften gezückt
Flammt der Rache Schwert!
Während der Sonne Strahlen
Erbleichen, werden des Zornes Schalen
Ueber die Menschen geleert.

Noah.

Jehova! von deiner Herrlichkeit zeugen
Die Erde, die Meere,
Die Himmel, die Sternenheere!
Sieh mich die Stirne vor dir beugen;
Im Staube lieg' ich zu deinen Füßen
Als deiner Knechte Knecht.
Ich weiß, ruchlos sind und verderbt
Die Sterblichen in der Schuld, die sie geerbt;
Aber die alte Sünde! Soll büßen
Dafür der Menschen ganzes Geschlecht?

Die Stimme Jehova's.

Ringshin durch den unendlichen Raum
Bis an des Weltalls Saum,

Und so weit das Auge schweift,
Frevel seh ich auf Frevel gehäuft;
Mit Sünden säugen die Mütter die Kinder
Und die Väter weisen von Missethat
Zu Missethat ihnen den Pfad,
Und prahlen stolz, wie größere Sünder
Als die Eltern die Kleinen geworden.
Solche selbst, die Gutes wollen,
Scheuen vor Unthat zurück nicht und Morden.

Noah.

Erbarmen! Vergehen sollen
Der Menschen Söhne und Töchter
Und mit ihnen die künft'gen Geschlechter
In dem flutenden Wogenschwalle
Sie alle, alle?! —

Die Stimme Jehova's.

Noah, mein Knecht, genug, genug!
Mag über der Erde unendliche Strecken
Sich Jammer breiten und Schrecken,
Vollziehen muß sich mein Fluch.

Noah.

Herr, in Ehrfurcht bei deinen Worten
Still steht meines Herzens Schlag.
So schließest du uns deiner Gnade Pforten?

Die Stimme Jehova's.

Drei Monde lang fortan wird Nacht der Tag.
Aufthun werden sich der Tiefe Bronnen
Und des Himmels Schleußenthor,
Und, in eine Flut zusammengeronnen,
Zu den Wolken steigen die Wasser empor.
Du nur und deine Kinder, die Frommen,
Dem Untergang sollt ihr entkommen.
Die Arche rüste, die auf dem Bette

Der schäumenden Wogen euch rette!
Nur ihr sollt leben von allen, die ich schuf!

Noah.

Die Berge zittern vor deiner Stimme,
Furchtbar, doch gerecht bist du in deinem Grimme.
Jehova, ich gehorche deinem Ruf.

———

Sechzehnte Scene.

Auf einer Höhe.

Cherub, Japhet, Sem und Ham.

Cherub.

Hier oben her euch führt' ich, wo die Erde
Sich unermessen euch zu Füßen dehnt.
Schaut hin! Den Blick an dieser Herrlichkeit
Labt einmal noch, bevor sie untergeht!

Japhet.

O Erde, schöne Erde, muß es sein?
Kann nichts dich retten? Diese grünen Thäler,
Des Friedens traute Sitze, diese Berge,
Die mit der Frühe erstem Purpurlicht,
Des Abends letztem ihre Stirnen schmücken,
Verschwinden müßten sie, als ob sie nie
Gewesen? Diese Wälder, die so oft
Mit ihrem duft'gen Schatten uns gelabt,
Entwurzelt, von den sturmgepeitschten Wogen
Emporgeschleudert zu den Sternen fliegen?
Und ihre Wohner, all die holden Sänger,
Die buntgefiederten, vergebens werden
Sie einen Zweig, vergebens einen Gipfel
Darauf zu ruhen suchen. Und die Menschen,
Die für die Schuld des ersten Paars hinab
Gerissen, tief und tiefer in den Sturz
Hinuntertaumeln, untergehen sollen

Sie alle, all? Ich hab' aus manchem Blick
Noch durch die Schuld, die ihn umdüsterte,
Den Funken leuchten seh'n, den göttlichen,
Der früh begeisternd mir im Herzen glomm.
O Cherub, kann nichts mehr dies Schicksal wandeln?

Cherub.
Nichts! Von Jehova ward es so verhängt.

Japhet.
So laß mich weinen, Thränen, glühend heiß
Vom Herzen aufgeströmt!

(Verhüllt weinend sein Haupt.)

Cherub.
            Ja, laß sie fließen!
Jehova zürnt dir ob der Thränen nicht.
Doch wisse, und in's Herz dir träufen wird
Es Trost: Aus ihrem Flutengrabe wird
Verjüngt in Herrlichkeit die Erde sich
Erheben, und ein besseres Geschlecht
Mit reinem Gottesodem in der Brust.
Sieh da die Welt, die Er statt der versunk'nen
Zum Erbteil dir und deinen Enkeln gibt! —
Er hört mich nicht, sein Haupt verhüllend steht er.
Zu sehr ist er von Jammer übermannt,
Als daß ich jetzt ihm Tröstung bieten könnte.
Mag sich sein Schmerz zuerst in Thränen stillen,
Die beiden Andern leih'n mir eh'r ihr Ohr.

(Zu Ham.)

Nun du, dorthin, wohin mein Finger zeigt,
Wirf deinen Blick und rüste dich zum Gang!

Ham.
Im Mittagsglanz dehnt endlos sich ein Weltteil
Vor mir, allum vom Meergewog umbrandet,
Und in geheimnisvolle Ferne schwindend.

Sandwirbel steigen auf vom Wind gefegt,
Wie Nacht die Luft umdüsternd. Cherub, sprich!
Und diese Oede, die kein Wasserbronnen,
Kein Grün erquickt, hat zum Verbannungsort
Jehova mir bestimmt?

Cherub.

Abringen, Ham,
Soll deiner Söhne wimmelndes Geschlecht
In Mühsal und in Kampf dem dürren Boden
Sein Dasein, bis, wenn Menschenalter sich
Auf Menschenalter in das Grab gelegt,
Der Sieg das Ringen krönt, und blüh'ndes Leben
Dem Tod entsprißt. Sieh hin! Nicht Wüstenei
Ist alles, wie du meinst.

Ham.

Wo fern den Saum
Des Himmels bleicher Nebeldunst verbirgt,
Steigt aus dem Zwielicht eisgekrönt ein Berghaupt
Empor, von wallendem Gewölk sein Scheitel
Umhüllt, sein Fuß weithin von Grün umkränzt.
Hinab in mächt'gen Wasserstürzen wälzt
Hochher, als ob sie aus den Sternen quölle,
Sich eines Stromes Wirbelflut, und rings
Hernieder auf die Wellen von den Ufern
Schau'n ernsten Sinnes riesige Gestalten,
Auf deren Stirnen mächtige Gedanken
Zu ruhen scheinen; kaum empor zu ihnen
Wag' ich zu blicken — Götter wohl sind sie,
Jehova gleich. Erhab'ne Säulen steigen,
Mit rätselhaften Zeichen überdeckt,
Zur Sonne auf und wundersame Bilder,
Halb Mensch, halb Tier in langen Reihen führen
Zu Tempeln, die der Sturm der großen Flut,
So wie der Berge Gipfel, also glaub' ich,

Vergebens in den Staub zu wälzen rang.
Und ungeheure Städte, allumher
Sich zu des Stromes beiden Seiten breitend,
Gewahr' ich, rastlos von der Menschen Flut
Durchwogt, und lange Karawanenzüge
Nach Sonnenuntergang und Süden hin
Den Boden, der dem Meer gleich Wellen schlägt,
Durchziehend.

Cherub.

Glücklich du, der Aeltervater
Des Volkes, das in sinnender Betrachtung
Hier die Geheimnisse des Menschenseins,
Die tiefverborgnen, aufzudecken ringt.
Doch später wird auf deiner Enkel Antlitz
Sich nächt'ger Schatten lagern und ihr Geist,
Verdumpft, nur matten Flügelschlags sich regen.
Wohl werden träge die Jahrtausende
Hinschleichen, während in den Sandeswirbeln
Beim ew'gen Kampf der Stämme mit den Stämmen
Zu Hügeln die Gebeine der Gefall'nen,
Und derer, die der Wüstensand begräbt,
Sich türmen. Aber sei getrost, hoch, höher
Wird sich der Geist auch der Hamiden Schädel
Zur Wohnung wölben, und dem dürren Boden
Der Quellen klares Naß entsprudeln lassen,
An deren Laufe Aecker, Fruchtgelände,
Und üpp'ge Gärten deine späten Enkel
Zur Rast einladen.

Ham.

Was dem müden Wandrer
Der Morgentau, sind deine Worte mir.
Und sprich! Unfern der Meeresküste dort
Der Riesenberg, der auf zur Sonne steigt?

Cherub.

Der greise Atlas ist's, der Himmelsträger,
Der Hüter an dem Thor der alten Welt,
Der dein und deiner Söhne Erbteil ist.

(Zu Sem.)

Du in den Landen, die sich dir zu Füßen
Hier weithin breiten, schlag' dein Zelt. Da wo
Den Meeresstrand entlang in weiten Flächen,
Von weh'ndem Sande halbverhüllt das Land
Sich dehnt, wird sein beweglich Lager hin
Von Ort zu Ort der neuen Menschen Stamm,
Die dich als ihren Ahnherrn preisen, tragen.
Anbetend vor des Himmels ew'gen Sternen,
Die sonnengleich in tiefster Nacht aufflammen,
Hinknieen werden deine Enkel, Sem,
Und mit des Liebes Stimme, welche klangreich
Der Herr in ihre Brust gesenkt, sie feiern.

Sem.

O Cherub, und die ragenden Gebäude
In sonnverbrannter Ebene, zu denen
In langen Reih'n das Volk ich wallen sehe?

Cherub.

Die erste dunkle Gottesahnung hat
Dort einen Tempel aufgeführt, in dem
Ein Schattenbild des Ew'gen, nicht er selbst,
Verehrt wird. Aber nordwärts wirf den Blick,
Was siehst du dort, wohin mein Finger weist?

Sem.

Hier grünende Gestade längs des Meeres,
Zur Rechten Wüstenein und kahle Felsen,
Dazwischen, hoch von Kuppeln überdeckt,
Ein ries'ger Tempel, dessen gold'ne Zinnen
Im lichten Strahl der Mittagssonne funkeln!

Wie priesterliche Feierchöre hör' ich's
Im Wipfel der erhabnen Palmen rauschen,
Die ihn beschatten.

Cherub.

Dort zum ersten Mal wird
Die Flamme, die auf deines Vaters Herd
Erlischt, in reinem Glanze wieder leuchten.
Von Psalmen, herrlich, wie kein Ohr sie noch
Vernommen, die ein königlicher Dichter
Zur Leier singt, wird dort die Luft erbeben.
Dorthin von ringsher geht der Frommen Wallfahrt.
Und einer wird in seiner Mutter Arm,
Ein Knabe, gottgeliebt vor Allen, kommen,
Vor dem die Sünde und der alte Würger,
Der Tod, demütig in den Staub sich beugen.
Der argen Schlange Haupt wird er zertreten
Und Trost den Armen, den Bedrängten bringen.
Des Friedens und der Liebe hohe Lehre
Verkündet er auf allen seinen Wegen.
Du preise selig dich, daß dich zum Ahnherrn
Des Heiligen Jehova auserkor!

(Zu Japhet.)

Wenn um den Untergang der frühen Welt
Die Thräne noch an deiner Wimper zittert,
So wirst du bald sie stillen. Sprich! was schaust du?

Japhet.

Vom bleichen Dunst der Frühe noch umhüllt
Seh ich in unermess'ne Fernen hin
Die Länder sich verbreiten, ries'ge Ströme
Im Frühlicht blitzend, schneegekrönte Berge
Hinab in Thäler sinkend, wo wie Sterne
Aus dunklem Laubgrün goldne Früchte leuchten,
Endlose Flächen, nur vom Wanderhirsch durchirrt,
Urwälder, nie vom Menschenfuß durchstreift.

Dann wieder über Adlerberge klimmt
Mein Blick, bis alles hin in Dämmerung schwindet.

Cherub.

Schau näher hin! Die Schranken, wie des Raumes,
So auch der Zeit, spreng ich vor deinem Auge.

Japhet.

Verwandelt Alles! Buntes Leben wogt,
Wo weite Oede war. Entlang den Strömen
Seh' ich sich Städte in den Wellen spiegeln,
Aus Wäldermitte selber blinken Häuser;
Hier zieht die Pflugschar Furchen durch den Acker,
In Seen werfen Fischer dort das Netz,
Und dort auf Felsenhöhen rüst'ge Männer
Seh ich aufklimmen und um Stäbe Holzes
Grünende Ranken schlingen. Aber dort
— Ist noch der alte Jammer nicht geendet? —
Blinkt Waffenglanz; Heer wälzt dem Heere sich
Zu Kampf und Mord entgegen. Mehr, noch mehr
Des rastlos wogenden Getümmels seh' ich,
Als wollte auf des einen Volkes Grab
Ein Fest das andre feiern. Cherub, mich
Erfaßt ein banges Zagen, soll denn nie
Der ew'ge Kampf, der ruhelose, enden,
Drin ein Geschlecht der Sterblichen das andre
Ins Grab hinunter reißt, das alle sie
Mit Staub und Moder zudeckt?

Cherub.

So verhängt's
Jehova's Ratschluß. Dem, der Mühsal scheut, nicht,
Als reife Frucht nicht, fällt den Sterblichen
Das Glück, das letzte, hohe in den Schoß,
Das ihn an seines Erdenlaufes Ziel
Erwartet. Doch so herrlicher zuletzt

Nach der gewitterschwülen Frühe wird
Der Mann, in voller Kraft dastehend, ernten,
Was er des Jünglings feur'gem Ringen dankt,
Und auf des Greises Stirn noch wird das Glück
Den Frieden breiten, der im Abendschatten
Gleich mildem Thaue seine Stirne labt.
Die wonn'gen Inseln dort, die Vorgebirge,
Um die mit Feierklang die Meerflut wogt,
Die weißen Säulenhäuser auf den Höhen,
Gewahrst du sie?

Japhet.

Geblendet bei dem Anblick
Neigt sich mein Auge. Hat sich auf die Erde
Der Schönheit ganzer Himmel dort gesenkt?

Cherub.

In jenen vollen, mächtigen Akkorden,
Zu welchen auf der Schöpfung großer Harfe
Die Saiten alle nach des Ew'gen Ratschluß
Zusammenklingen sollen, fehlen darf
Der Klänge schönster nicht; und Eloah,
Der holde Seraph, spielt auf seiner Leier
Mit Davids Psalmen und den heil'gen Liedern,
Die durch des Oelbergs Silberwipfel zogen,
Die hehren Hymnen der Hellenensänger.

Japhet.

Ja, Cherub, trage meinen feur'gen Dank
Auf zu Jehova. Den allmächt'gen Geist,
Des starker Atem durch die Welt hinbraust
Erkenn' ich, und in dankendem Gebet,
Das nur das Herz spricht, da die Andacht mir
Die Lippen schweigen heißt, bet' ich ihn an.
(Er kniet nieder.)

Cherub.

Noch herrlicher, als selbst die Ahnung faßt,
Wird nach der alten Welt die neue sich
In's Unermeß'ne aufthun. Völker werden
Auf Völker über deinem Grab erblühen
Und mit den Reichen, mit den Religionen,
Die sie geschaffen, wieder schwinden. Doch
Was frühere Geschlechter hinterließen,
Die nacheinander sich in's Grab gelegt,
Vererbt sich auf die spätern fort und fort
Als köstlichster Besitz. Was alte Weisheit
In Zeichen, deren Sinn seit lang verschollen,
Geheimnisvoll auf Palmenblätter schrieb,
Auf Gräberstätten, und an Tempelmauern,
Die bis zum letzten Steine längst zerfallen,
Lebt unvergänglich fort; im ew'gen Wechsel
Das einzig Dauernde. Und dorthin schau!
Wo durch zwei Felsenthore sich hinaus
In die Unendlichkeit die Meerflut wälzt,
Auf ihr in Länder nie zuvor geahnt
Einst werden die Nationen, die euch drei
Entsprossen, strömen und in wogendem
Getümmel, das der Wasserstürze Donner
Verstummen läßt, auf zu den Gipfeln klimmen,
Die mit der Sterne Lichtflut sich verschmelzen.
Kniet hin! In eines neuen Welttags Helle
Im Jenseits wird Jehova einst sie Alle
Und euch empfangen.

Die Drei.

Cherub, habe Dank!
(Die drei Söhne Noahs knieen.)

————————

Siebzehnte Scene.

Thal des Noah.

Noah und seine Söhne.

Noah.

Söhne, zum letzten Male
In diesem lieben Thale
Nun bin ich euch vereint.
Matt nur durch Nebel noch scheint
Die Sonne mit bleichem Strahle.
Ein giftiger Heerrauch kriecht,
Drin alles Leben siecht,
Durch die Lüfte von Moder feucht,
Und aus den Nestern emporgescheucht
Flattern die Vögel in irrem Flug.
Bald wird kein Felsen mehr, kein Ast
Auf dem höchsten der Gipfel Rast
Ihnen bieten auf ihrem Zug.
So denn, ihr meine Lieben, laßt
Uns zum Aufbruch Alles rüsten,
Daß die Arche an rettende Küsten,
Wenn die Wasser verronnen, uns trage.

Japhet.

Vater, wohl von des Cherubs Munde
Ward uns die tröstende Kunde
Vom neuen großen Welten-Tage,
Der herrlich am Himmel steigen wird.

Doch düstere Abgrundstiefen durchirrt
Mein Geist, zu denken, wie dieses traute
Thal, das uns so lieblich umfing,
Alles, woran die Seele hing,
Was das Ohr vernahm, das Auge schaute,
Nun für immer verschwinden muß.

Noah.

Sohn, murre nicht wider Jehova's Beschluß!

Sem.

Gefaßt bin ich, Vater! Mögen sie tosen
Die Fluten, die grenzenlosen:
Eine Taube mit leichten Schwingen
Ahnend über die ebbenden Wogen
Seh ich des Friedens Oelzweig bringen,
Und einen siebenfarbigen Bogen
Sich leuchtend durch den Himmel spannen.

Ham.

Ja, Bruder Japhet, laß die Sorgen uns bannen!
Von Jehova des Vaters Heil
Erfleh' mit uns und mit Stärke waffne
Dich dann! Hat dir nicht den besten Teil
Beschieden der Ew'ge, Unerschaffne?
Länder läßt mich Jehova erben,
Wo der Sonne Strahlen sengend
Schwarz der Menschen Antlitz färben,
Erstickende Winde, tobverhängend,
Ueber Hügel Sandes wehen.
Grünende Höhen, üppige Flächen,
Die schöner in jedem Frühling erstehen,
Ströme, die brausend hervor aus den Felsen brechen,
Und herniederstürzen donnernden Falles,
Dann durch die Länder sich weithin ergießen,
Dein, Bruder ist das Alles, Alles!

Und weiter ins Unendliche erschließen
Wird sich die Erde dir, und neue Bahnen
Dir aufthun auf unbekannten Oceanen.

Japhet.

Vater, Brüder, vergebt,
Wenn kurz der Gram mich übermannt,
Daß die Welt mit allem, was lebt
Und atmet, die große Flut begräbt.
Aber wohl hab' ich erkannt:
Herrlich, in tausendfachen Gestalten
Wird aus der untergegangenen alten
Eine neue Welt sich entfalten.

Noah.

Genug! Aus übervollem Born
Schon entlädt sich des Himmels Zorn
Ueber die Erde, die untergehen soll.
Und ringsum von den Bergesjochen,
Den Felsenzacken gebrochen
Tönt des Donners dumpfes Geroll.
Der Himmel und die Erde wecken
Einander zu dem großen Werke der Zerstörung,
Und es rasen der Tod und der Schrecken
Durch Höhen und Tiefen in voller Empörung.
Wie die Blitze zucken! Es ist
Als ob sie die Verruchten,
Welche entrinnen wollen, suchten.
Kommt! Verstrichen ist die Frist.
Einmal noch alle diese süßen
Plätze laßt uns zum Abschied grüßen,
Dann mit euch und den teuern
Töchtern über den rettenden Ocean steuern!

Achtzehnte Scene.

Ein wildes Gebirgsthal.

Eine Schar von fliehenden Männern, Weibern, Kindern.

Erster Flüchtling.

Kein Ende! Alle Schleußen
Des Himmels sind aufgethan,
Die Säulen der Erde wanken, die greisen
Berge taumeln hinab in den Ocean,
Der höher und höher schwillt.

Zweiter Flüchtling.

Aus den Dämmen brechen wild
Die brausenden Ströme und schäumen,
Bedeckt mit entwurzelten Bäumen,
Ueber die Ufer.

Ein Weib.

Dorthin flieh'n
Wir 'mit den Kindern, wir sehen ihn
Durch ziehende Wolken gepeitscht von Stürmen
Den Bau mit den himmelaufragenden Türmen.
Da sind wir sicher!

Dritter Flüchtling.

Siehe, da reißt
Die Flut, die höher wirbelt und kreist,
Sie hinunter mit ihren Kindern.

Vierter Flüchtling.

Sie sagen, es sei den Sündern
Das verhängt. — Doch was verbrachen die Kleinen?
Noch in den Wellen hört man ihr Weinen.

Fünfter Flüchtling.

Ringsum schon wogt ein unermeßner See,
Auf jeder seinen Wellen schwimmen Leichen;
Rettung ist nur, wenn dort wir den Gipfel erreichen.
Die Flut steigt höher, sie verschlingt uns — weh!

———

Neunzehnte Scene.

Jehova in seinem Wolkenwagen, getragen von den **vier Cherubim**.

Erster Cherub.

Heilig, heilig, heilig ist der Herr
Wie er in seinem Zorn
Dahinfährt über die Länder.
Untergang folgt seines Wagens Spuren.
Unter den Speichen
Seiner flammengeflügelten Räder
Aechzen die Lüfte,
Wenn er zürnt
Und im Sturmwind der Zerstörung
Sein Lockenhaar flattert.
Von jedem Wink seiner Brauen
Zuckt Verderben hin über alles Erschaffne.

Zweiter Cherub.

Geschärft sind die Schwerter des Grimms,
Daß sie hoch fahren über alle Lande,
Daß alle Herzen verzagen
Und das Feuer des Grimms sie schmelze,
Wie Silber zerschmilzt,
Und Hunger und Pest sie verderbe
Und der Welttyrann
Mit den Fürsten der Mitternacht
Zu Schanden werde!

Echad, Sirius.   8

Wie dein Wagen dahinrollt, Herr,
Aufschäumen die Meere,
Ihr Gischt spritzt bis zur Sonne empor,
Bis in Abgrundtiefen gähnt aufgerissen die Erde,
Und Flammen schießen hervor
Aus ihren verborgensten Schlünden,
Auf zur Himmelsveste leckend.
Städte taumeln hinab in die Tiefe,
Und ihnen nach, aus ihren Wurzeln gerissen
Die Berge, auf deren Säulen
Das Weltdach geruht.
Verirrt suchen die Ströme,
Vom Schutt aus ihren Ufern gedrängt,
Ihr altes Bett.
Der Riesentiere Geheul,
Die sich auf ihren Wogen wälzen,
Dringt empor zu den Wolken.
Geflügelte Schlangen, im Todeskrampf
Um der Elephanten Leiber geringelt,
Fluten mit ihnen hinab
In den Ozean, der Alle verschlingt.

Dritter Cherub.

Hoch hat sich der Himmel aufgethan,
Es rauschen die Flügel der Cherubim
Aus der Unendlichkeit.
Sausend schwirren die Feuerräder
Umhergetrieben vom Hauche des Herrn.
Losgerissen von beiden Polen
Fluten die Eisgebirge,
Mit Donnergetös' aneinanderprallend
Und in neue Berge zerberstend.
Durcheinander gemengt auf den Wellen
Sind der mitternächtigen Länder
Bleiche Bewohner

Und Libyens schwarze Söhne.
In ihren gebrochenen Augen
Noch starrt das Entsetzen.
Noch während die wogenden Leichenfelder
Hinab, hinunter die Meerflut wälzt,
An der höchsten Felsen Zacken
Hängen Männer, Weiber, Kinder
In Todesangst sie umklammernd;
Doch die steigende Flut verschlingt sie.

Vierter Cherub.

Und dort zu dem Riesenbau
Den er in Thorenwahn sich getürmt
Klettert Sirius empor, der Tyrann.
Ihm nach, von Stufe zu Stufe
Hoch, höher klimmt die Flut —
Sie wird ihn verschlingen,
Und den Bau, der, Jehova, dir trotzen sollte,
Zerkrachend ihm nach in den Abgrund stürzen.
Weh über die Welt!
Austrinken soll sie
Die Hefe des Taumelkelches
Vom Herrn gereicht,
Dessen Schwert trunken ist im Himmel;
Fressen soll der Fluch
Die entheiligte Erde
Und die Berge zermalmen
Und die Hügel zu Spreu zerstäuben!

Alle vier.

Heilig, heilig, heilig ist der Herr
Wie er in seinem Zorn
Dahinfährt über die Länder.
Untergang folgt seines Wagens Spuren.
Unter den Speichen
Seiner flammengeflügelten Räder

Aechzen die Lüfte,
Wenn er zürnt
Und im Sturmwind der Zerstörung
Sein Lockenhaar flattert.
Von jedem Wink seiner Brauen
Zuckt Verderben hin über alles Erschaffne.

Zwanzigste Scene.

Auf der Höhe des von Zinnen und Türmen gekrönten Riesenbaues.

Sirius, Ramur, Benzur, große Anzahl Volkes.

Sirius.

Blickt her ihr Großen meines Reiches!
Das ist mein Werk! Wer schuf ein Gleiches,
So viel auch der Herrscher gewesen sind?
Die Säulen, welche den Himmel tragen,
Der Erde höchste Berge ragen,
Bis wo im Dunst die Ferne zerrinnt,
Kaum noch aus der Flut, die rings sie umspült,
Und von den Wogen unterwühlt,
Taumeln die Gipfel nach und nach,
Wenn unten der Bergeswall zusammenbrach,
In die Tiefe. Doch wie um die Felsenzacken
Drunten sie auch wogen und schäumen,
Ich sehe: Gleich Rossen, die unter den Zäumen
Der Reiter nicht wagen, zu bäumen,
Beugen sie zitternd vor Grauen
Ihre Nacken,
Wie sie mich schauen.
Und wie in ihre Hürden die Herden
Bald in ihre Betten werden
Sie kehren vor meiner Allmacht Gebot.

Benzur.

Wer ist, der dir zu trotzen gedächte?
Gebieter! Das Leben und der Tod
Knieen vor dir als Knechte,
Und wie ich dir zu Füßen sinke,
Harren in Demut sie deiner Winke.

Kamur.

O Herr! Vor dir in Ehrfurcht beb' ich,
Von deiner Gnade einzig leb ich'.
Doch trotze nicht dem obersten Weltgebieter!
Auf uns herab vom höchsten Himmel sieht er.
O beuge dich vor seiner Allgewalt!

Sirius.

Thor! Hat dir Angst das Gehirn gelähmt?
Ich sehe, Schweiß steht auf der Stirn dir kalt;
Geh' du, geht Alle, wenn ihr euch nicht schämt.
Götzen, grausig und mißgeschaffen,
Mit Leibern von Stieren und Köpfen von Affen,
Hundertarmige Fetischklötze
Mögt ihr, so viel ihr wollt, verehren.

Kamur.

Der, den ich meine, ist kein Götze
Gleich jenen, die drunten an ihren Altären
Sie anbeten. Jehova, der Eine,
Der Einzige ist's. Ihm, Sirius, bringe
Opfer, daß nicht dich der Abgrund verschlinge!
Sieh! Wie im blassen Leichenscheine
Auf die Flut, die höher und höher steigt,
Von droben herab sich ein Antlitz neigt.
Der Tod ist das! Nah, näher wird er dringen,
Um dich und die Lebenden all zu verschlingen.

Sirius.

Hinunter mit dir in den Abgrund, Narr!

Und zu deinem Jehova bete,
Daß er aus festerem Thon dich knete!

Kamur wird in den Abgrund geschleudert.

Da taumelt hinab er. Und ihr, so starr
Blickt ihr mich an? Gegohrenen Saft
Von Palmen hat man heraufgeschafft.
Da trinkt mit mir, er mundet besser,
Als um uns her das schale Gewässer.
Die Becher hoch erhebt
Und ruft, indes sie erklingen,
Den Jehova, wenn einer lebt,
Möge die Flut verschlingen!

(Furchtbarer Donnerschlag.)

Einer aus der Umgebung des Sirius.

Zusammen bei dem Erdstoßkrach
Stürzt von oben das Himmelsbach.
In den Fluten versanken
Die Gipfel, die noch emporgeragt.
Die Festen des Baues unter uns wanken,
Sie stürzen.

Sirius.

Memmen, die so ihr zagt!
Wie Sklaven unter der Herrscher Ruten,
Werden entsetzt die Fluten
Vor meinem Zorn sich krümmen.

Ein Zweiter.

Horch! Was sind es für Stimmen,
Die durch die dichten Wolkenballen
Aus der Tiefe nach oben hallen?

Ein Dritter.

An den Stufen klimmen,
Daß der First des Schlosses sie rette,
Tausende auf aus dem Wogenbette.

Mächtige Glieder tauchen
Aus den Nebeln, die allhin rauchen.
Es kommen die Riesen, die Söhne der alten
Mutter Nacht; hervor durch die Nebelfalten
Steigen die ungeheuern Gestalten.

Stimmen der emporklimmenden Riesen (von unten).

Höher, noch höher! Er klimmt uns nach
Stufe auf Stufe, der gierige Tod!
Zerschellt zu unseren Füßen brach
Stein auf Stein, und unter uns droht
Die grause Tiefe. Empor, empor!

Einer aus der Umgebung des Sirius.

Nah, näher tönt der wilde Chor!
Die flammenden Augen, die schwellenden Adern
Der Riesen schau'n aus den Nebeln hervor.

Sirius.

Brecht vom Firste des Dach's hier Quadern
Und wälzt sie hinab, sie zu zerschmettern!
Ha! wie sie taumeln; mehr Steine reißt los!
Haha! wie, statt weiter nach oben zu klettern,
Hinunter sie stürzen! Weich ist der Schoß,
Der dort sie aufnimmt. Mit ihrem Blute bespritzen
Sie der Steine Kanten und Spitzen.
Ihr wildes Wehgeschrei
Hallt nach oben, ihr Fluchen.
Wie sie festzuklammern sich suchen!
Doch vergebens! Mehr Quadern herbei!
Alle, alle hinunter sollen
Sie stürzen.

Einer aus der Umgebung.

Haltet ein! Die betört
Den Boden ihr, der euch hält zerstört!

Riesen.

Klimmt höher und höher! Unter uns rollen
Die Quadern hinweg!

Sirius.

                    Ihr Feigen, seht!
Wie fest mein Fuß hier oben steht.
Den Arm ausstreck ich über die Flut
Und gebiet' ihr zu ruhen, und seht, sie ruht.
Jetzt sprech' ich; weiche! Und sie wird weichen.

Einer aus der Umgebung.

Fruchtlos! Ein wogendes Feld von Leichen
Ist sie geworden, wallend bewegen
Sie hinauf sich, hinab mit den Wogenschlägen.

Ein Zweiter.

Einen nach dem Andern schlingen
Die Wellen hinunter. Umsonst ist das Ringen.

Chor der Riesen.

Schleudre ganze Gebirge
Auf uns hernieder verruchter Despot,
Mit uns, daß er dich würge
Ist verbunden der grimme Tod.

Wir wälzen auf unseren Nacken
Der Erde höchste Säulen heran,
Und höher von Zacken zu Zacken
Klimmt hinter uns der Ozean.

Auf unsern Schultern gen Himmel
Tragen wir die Gipfel der Welt
Und schleudern im Kampfgetümmel
Nach dir sie, daß dein Haupt zerschellt.

Ob auch in die gähnenden Schlünde
Der Abgrund uns reißt, wir jubeln dazu,
Denn uns, o Fürst der Sünde,
An Freveln besiegtest du.

Wenn alle dem Tod erlagen,
Hoch, hoch im leuchtenden Blau dahin
Mag cherubimgetragen
Jehova allein durch den Himmel ziehn.

Sirius.

Sie taumeln hinab. In den Fluten entsetzt
Ringen alle mit dem Ertrinken.
Doch ich steh' aufrecht bis zuletzt.

(untersinkend)

Da! Noah's Arche! — Ich muß versinken.